鲁特伯格故事

〔美〕卡尔·桑德堡 著　李娟 译

人民文学出版社
PEOPLE'S LITERATURE PUBLISHING HOUSE

图书在版编目(CIP)数据

鲁特伯格故事/(美)卡尔·桑德堡著；李娟译
. —北京：人民文学出版社，2021
(大作家小童书)
ISBN 978-7-02-013699-5

Ⅰ.①鲁⋯　Ⅱ.①卡⋯ ②李⋯　Ⅲ.①童话-作品集
-美国-现代　Ⅳ.①I712.88

中国版本图书馆 CIP 数据核字(2018)第 012726 号

责任编辑　**朱卫净　汤　淼**
装帧设计　**李苗苗**

出版发行　**人民文学出版社**
社　　址　**北京市朝内大街 166 号**
邮政编码　**100705**

印　　刷　**山东新华印务有限公司**
经　　销　**全国新华书店等**

字　　数　**79 千字**
开　　本　**890 毫米×1240 毫米　1/32**
印　　张　**5.75**
版　　次　**2021 年 6 月北京第 1 版**
印　　次　**2021 年 6 月第 1 次印刷**

书　　号　**978-7-02-013699-5**
定　　价　**49.00 元**

如有印装质量问题，请与本社图书销售中心调换。电话：010－65233595

目　录

1.

关于找之字形铁路、戴围嘴的猪、
马戏小丑烤箱、洋葱炒肝脏村和
奶油松饼村的三个故事

他们是怎样离开去往鲁特伯格国的

"把斧头给我"住在一栋总是一成不变的房子里。

"房顶上的烟囱是用来排烟的；门把手是用来开门的；窗户不是开着就是关着；我们在这栋房子里不是在楼上就是在楼下，反正一切总是老样子。""把斧头给我"说。

于是，他决定让他的孩子给自己取名字。

"只要他们一学会说话，说出来的第一句话就是他们的

名字，"他说，"他们要给自己取名字。"

于是，他的第一个儿子降生了，取名叫"请给我"。接着，他又生下了一个女儿，取名叫"别打断我的问题"。

夜里，山谷的影子会浸润在两个孩子的眼睛里；而当太阳升起时，清晨的阳光则会吻上他们的额头。

他们头顶上的头发像黑色的野草。他们喜欢转动门把手把门打开、跑到外面，让风吹拂他们的头发、抚摸他们的眼睛、亲吻他们的额头。

然后，因为再也没有生下儿子和女儿，"把斧头给我"自言自语道："我的第一个儿子也是我的最后一个儿子，我最后一个女儿也是我的第一个女儿，他们都是自己选的名字。"

"请给我"长大了，耳朵长得更长了。"别打断我的问题"也长大了，耳朵也长得更长了。他们继续住在什么都一成不变的房子里。他们学会了像他们父亲那么嘀咕："房顶上的烟囱是用来排烟的；门把手是用来开门的；窗户不是开着就是关着；我们不是在楼上就是在楼下，反正一切总是老样子。"

吃完用早餐鸡蛋做的晚餐没多久，他们开始在凉爽的夜里互相提问，什么谁是谁啦，什么多少钱啦，什么答案是什么啦。

"在任何一个地方待太久都叫人受不了。"那个难说话的老头"把斧头给我"说。

而"请给我"和"别打断我的问题"——"把斧头给我"的那个难说话的儿子和难说话的女儿则用同样的话回答他们的父亲："是啊，在任何一个地方待太久都叫人受不了。"

于是他们卖掉所有家当，什么猪呀、牧场呀、花椒呀、干草叉呀，所有一切，除了他们那个破布袋和其他几样东西。

当邻居们看到他们把所有家当都卖掉的时候，每个人的猜测都不尽相同："他们是要去堪萨斯州，他们是要去科科莫，他们是要去加拿大，他们是要去坎卡基，他们是要去卡拉马祖，他们是要去堪察加半岛，他们是要去查特胡奇河。"

一个吸毒的小个子家伙戴着帽子、半眯着眼睛，把一

只连指手套放在鼻子上，哈哈大笑，身子笑得东倒西歪，他说："他们是要去月球，不过等他们到了那里，他们会发现一切也都永远是老样子。"

"把斧头给我"把变卖所有家当——什么猪呀、牧场呀、花椒呀、干草叉呀——所得的现款都放到了一个破布袋子里，然后把袋子摔到背上，就像一个要回家的捡破烂的一样。

接着他带着"请给我"——他唯一的那个最大也是最小的儿子，"和别打断我的问题"——他唯一的那个最大也是最小的女儿，朝火车站走去。

售票员一如既往地坐在窗口卖火车票。

"你想买双程的还是单程的？"售票员揉着惺忪的睡眼问。

"我们想买一张火车轨道通往太空，再也不回来的火车票，火车能开多远就把我们送到多远，然后再往前走四十条路。"这就是"把斧头给我"的回答。

"那么远？这么早？这么赶？"售票员问着，继续揉着他那惺忪的睡眼，"那这样吧，我给你一张新的。它是被风吹进来的，是一张光滑的黄皮革的长厚板票，上面有一道蓝色的波纹。"

"把斧头给我"谢了售票员一次又一次，但没有再感谢第三次，他打开破布袋，把卖掉全部家当——猪呀、牧场呀、花椒呀、干草叉呀——所得的所有现款都掏了出来，并把它们付给了售票员。

在他把票放进口袋前，他一连看了三次那个上面有道蓝色波纹、光滑的、黄皮革的长厚板票。

接着他带着"请给我"和"别打断我的问题"上了火车，他把票给乘务员看了，接着他们便开始驶往火车轨道

通往的蓝色天空，然后继续往前走四十条路。火车不停地往前开呀开呀，到达了火车轨道进入蓝色天空的地方。接着它继续轰隆轰隆地往前开着。

有时候，司机会鸣汽笛和吹哨子；有时候，消防员会鸣钟；有时候，开开合合的蒸汽机汽口会被堵住，吐出嘶嘶、嘶嘶的声音。但无论哨子、钟和蒸汽机汽口出了什么问题，那列火车还是不停地向前开呀开，开往铁轨通往的蓝色天空，然后继续向前、向前。

有时候，"把斧头给我"会朝自己的口袋里看，把手指伸进去，拿出那张带着一条蓝色波纹的、光滑的、黄皮革长厚板票。

"就算是拥有所有会攀登的骆驼，所有快如闪电的、花斑点的幸运的蜥蜴的埃及国王都不曾有过这样一场旅行。"他对他的孩子们说。

接着便发生了一点状况。他们遇到了在同一条轨道上行驶的另一列火车。这列火车走这条路，另一列走那条，然后它们相遇了，接着错身而过。

"那是什么——什么情况？"孩子们惊奇地问他们的父亲。

"一列火车走上面，另一列走下面，"他回答道，"这是个分上下的国家。谁都没法给人让路。他们要么走上面要么走下面。"

接着他们来到了摘气球人国。气球系在绳子上，挂在天空，那么小，乍一看根本就看不到，此时正是秋天的气球丰收季。天空上布满了气球。红的、蓝的、黄的、白的、紫的，还有橙色的；桃子、西瓜和土豆形状的，黑麦面包和大麦面包形状的；扎节香肠和猪排形状的。它们飘浮着，把整个天空都塞满了。

摘气球人踩着高跷摘气球。每一个采摘者都有自己的高跷，有的长，有的短。那些摘靠近地面气球的就用短高跷，那些摘又高又远的气球的就踩着又高又长的高跷。

摘气球的小孩子们则踩着小高跷摘小气球。他们从高跷上掉下来时，就会被手里抓着的一捧气球吊在空中，直到他们的脚重新回到高跷上。

"那个在高空中、像清晨的小鸟一样往上爬的是谁呀？""别打断我问题"问爸爸。

"他唱歌唱得太开心了，"爸爸回答，"歌儿从他的脖子里飘了出去，这下他的身子就变得轻飘飘的，于是气球就把他从高跷上扯了下来。"

"那他还能下来回到自己人身边吗？"

"会的，等他把歌都唱完了，他的心就又会变重。那时候他就又会回到高跷上了。"

火车一直向前、向前。司机来了兴致就鸣汽笛和吹哨子；消防员来了兴致就鸣钟；有时候，开开合合的蒸汽机汽口会被卡得吐出嘶嘶、嘶嘶的声音。

"接下来我们要到的是马戏小丑出产国，""把斧头给我"对儿子和女儿说，"千万别眨眼。"

闻言，两个孩子果真都睁大眼睛。他们看到有许多烤箱的城市，那些烤箱有的长、有的短；有的粗矮、有的细长，全都是用来烤或长或短、或粗胖或细瘦的小丑的。

小丑在烤箱里烤好后就被拿出来，放在阳光底下放直了站着，样子活像靠在篱笆墙上的红嘴大白玩偶。

两个男人分别来到一个像玩偶一样一动不动地站着的烤好的小丑面前。一个男人朝它上面浇上一桶白火，另一个男人则用风力泵往它的红嘴里打进了一团活红风。

小丑揉着眼、张开嘴、扭着脖子、摆动着耳朵、转动着脚趾，从篱笆墙边跳开了，开始在篱笆墙旁玩起前手翻、横翻、空翻和锯末环里穿翻，翻起各种各样的跟头。

"接下来我们要到的是鲁特伯格国，那里的大城市叫洋葱炒肝脏村。""把斧头给我"说，又朝口袋里看了看，确定他有那张带着一条蓝色波纹的、光滑的、黄皮革长厚板票。

火车向前开呀开，突然不再笔直开了，而是呈之字形开着，就像一个字母 Z 后面接着一个字母 Z，然后这样不停地叠加。

车道和铁轨以及火车底下的道钉全都不再是笔直的，而是呈之字形，就像一个字母 Z 后面接着一个字母 Z，然后这样不停地叠加。

"这就像我们走了一半又退了回来。""别打断我问题"说。

"看窗外,看看那里的猪有没有戴围嘴?""把斧头给我"说,"如果它们戴了,那说明这就是鲁特伯格国。"

于是他们从之字形车厢的之字形窗户往外看,结果看到的头几头猪都戴着围嘴,接下来看到的猪也全都戴着围嘴。

方格猪戴着方格的围嘴,条纹猪戴着条纹的围嘴,圆点猪则戴着圆点的围嘴。

"是谁规定这些猪要戴围嘴的?""请给我"问爸爸。

"是他们的爸爸妈妈规定的啊!""把斧头给我"回答说,"方格猪是方格纹的爸爸妈妈生的。条纹猪是条纹的爸爸妈妈生的。而圆点猪的爸爸妈妈自然是带着圆点纹的。"

于是火车呈之字形地向前开呀开,而它跑的那些车道呀、铁轨呀、道钉和链接,也全都是呈之字形,就像一个接着一个叠加的字母 Z。

过了一会儿,火车呈之字形地开进了洋葱炒肝脏村,那是大大的鲁特伯格国的最大城市。

所以，如果你要去鲁特伯格国，你会知道你有没有到。因为到的时候，铁轨会从笔直的变成之字形，那里的猪会戴围嘴，而这是它们的爸爸妈妈们规定的。

如果你打算去那个国家，那首先要记住：你得卖掉所有家当，什么猪呀、牧场呀、花椒呀、干草叉呀，把现金放进一个布袋里，然后去火车站向售票员买一张带着一条蓝色波纹的、光滑的、黄皮革长厚板票。

当售票员揉着惺忪的睡眼问"那么远？这么早？那么赶？"时，请千万别吃惊。

奶油松饼村被风刮走时
人们是怎么把它拉回来的

一个名叫翅尖儿的美籍西班牙女孩来到洋葱炒肝脏村看望她妈妈那边的舅舅和舅公，以及她爸爸这边的叔叔和叔公。

这是这四位舅舅、舅公和叔叔、叔公第一次有机会见到他们这个小亲戚——他们的外甥女和孙外甥女，侄女和

孙侄女。这四位舅舅、舅公和叔叔、叔公都为这个美籍西班牙女孩"翅尖儿"的那双蓝眼睛感到自豪。

她妈妈那边的舅舅和舅公在深长地看了一眼她蓝色的眼睛后，说："她的眼睛是那么蓝，是那么清澈的浅亮的蓝，就像夏季的任何一个月、一场太阳雨后的矢车菊，蓝色的雨滴在它银色的叶子上闪着光、跳着舞。"

而她爸爸这边的叔叔和叔公在深长地看了一眼这个美籍西班牙女孩"翅尖儿"的那双眼睛后，说："她的眼睛是那么蓝，是那么清澈的浅亮的蓝，就像夏季的任何一个月、一场太阳雨后的矢车菊，蓝色的雨滴在它银色的叶子上闪着光、跳着舞。"

尽管这个名叫"翅尖儿"的美籍西班牙女孩没有听到几位舅舅、舅公、叔叔、叔公对她那双蓝眼睛的评价，但在他们没有在听的时候，她倒是自言自语了一句："我看出来了，这几位舅舅、舅公、叔叔、叔公都是好人，我这次走亲戚将会过得很开心。"

这四位舅舅、舅公、叔叔、叔公对她说："我们能问你

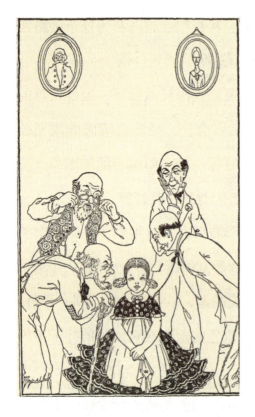

两个问题吗？先问第一个问题，后问第二个问题。"

"我今天早上愿意回答你们五十个问题，明天早上五十个，每天早上都是五十个。我喜欢人家问我问题。它们从一只耳朵进，另一只耳朵出。"

于是这几位舅舅、舅公、叔叔、叔公问了她第一个问题："你是从哪里来的？"接着又问了第二个问题："你的下巴上为什么会有两颗雀斑？"

"我先回答你们的第一个问题吧，"美籍西班牙女孩"翘尖儿"说，"我是从奶油松饼村来的，那是高地玉米草原上的一个又小又轻的村子。从远处看，它就像你戴在大拇指顶上，为它遮雨的一顶小帽子。"

"再跟我们多讲一点儿。"四位舅舅、舅公、叔叔、叔公中的一位说。"再多告诉我们一些。"他们中的另一个说。"一直讲，别停。"他们中的又一位补充道。"别插嘴。"他们中的最后一位嘟囔道。

"它是一个距离西边的夕阳很远的高地玉米草原上的一个又小又轻的村子，"美籍西班牙女孩"翅尖儿"继续讲道，"它像奶油松饼一样轻。它坐落在那个呈斜坡姿势向上的长长的大草原上。在那个斜坡上，风在村子四周玩耍。它们给它唱风之歌，夏天唱夏风之歌，冬天唱冬风之歌。"

"有时候就像出了事故，突然狂风大作。每每这时候，风就会把奶油松饼村给拎起来，把它吹到天上去——把一整个村子。"

"噢——"四位舅舅、舅公、叔叔、叔公中的一位说。"嗯——"他们中的另三位说。

"现在村子里的人都听得懂夏天和冬天的风之歌。他们也明白，有时候狂风大作，会把村子给拎起来，把它整个

儿高高吹飞到空中。"

"如果去村子中间的公共广场你就会看到一个大圆房。如果揭开圆房子的顶你会看到一个大线轴，线轴上缠绕着一条长线。"

"现在，无论狂风什么时候来袭，把村子拎起来，把它整个儿高高吹到空中，那条线都会从线轴上松开，因为这个村子是系在这条线上的。于是狂风刮呀刮，线轴上的线就会越来越松，那么整个村子就会在空中被吹得越来越远。

"于是，最后，等狂风，那么健忘又粗心的狂风，玩得尽兴了，村民们才会全都集合起来，开始卷线轴，把村子拉回到它原来的地方。"

"噢——"四位舅舅、舅公、叔叔、叔公中的一位说。"嗯——"他们中的另三位说。

"而且，如果你们偶尔到这个村子去看你们的小亲戚，就是你们那个拥有你们这样四位这么好的舅舅、舅公、叔叔、叔公的外甥女、孙外甥女、侄女、孙侄女的小亲戚，没准儿她会带你们穿过城市中心去公共广场，把那里的那个圆房子指给你们看。那里的人叫它'大线轴的圆房子'。他们为能发明出这样的村子，并在有拜访者来的时候可以展示给他们看而感到自豪。"

"那现在，你能接下来回答我们的第二个问题吗，你的下巴上为什么有两颗雀斑?"之前叫大家"别插嘴"的四个舅舅、舅公、叔叔、叔公中的那个插嘴道。

"雀斑是粘上去的，"美籍西班牙女孩"翅尖儿"回答道，"但凡有女孩从奶油松饼村离开，她的妈妈都会在她的下巴上贴上两颗雀斑。每一颗雀斑都得和在烤箱里烤得过久的、被烤焦的小奶油松饼一样。这两颗看上去像两个被烤焦的小奶油松饼的雀斑被贴到她的下巴上后，它们就会每天早上在她梳头和照镜子的时候提醒这个女孩。它们会提醒她来自何处，并提醒她不能离家太久。"

"噢——"四位舅舅、舅公、叔叔、叔公中的一位说。"嗯——"他们中的另三位说。这之后他们便自个儿聊了起来。

"她给我们带来了一份礼物，那就是她的眼睛。它们是

那么蓝，是那么清澈的浅亮的蓝，就像夏季的任何一个月、一场太阳雨后的矢车菊，蓝色的雨滴在它银色的叶子上闪着光、跳着舞。"

而与此同时，美籍西班牙女孩"翅尖儿"也在自言自语："我现在可以断定，这几位舅舅、舅公、叔叔、叔公都是好人，我这次走亲戚将会过得很开心。"

五只锈色老鼠是怎样帮村民找到新村子的

美籍西班牙女孩"翅尖儿"在洋葱炒肝脏村拜访她的四位舅舅、舅公、叔叔、叔公期间，有一天突然下起了暴风雪。雪花漫天，狂风呼啸，发出像沉重的车轴摩擦尖叫的吱嘎声。

这一天，一只灰鼠来到了这四位舅舅、舅公、叔叔、叔公的房子里，这是一只长着灰色皮毛，灰得像牛排上的灰色肉汁的老鼠。这只老鼠拎着个篮子，篮子里装着一条

鲶鱼。老鼠说，"请给我一点火一点盐，我想做一小碗热腾腾的鲶鱼汤，好让我在这暴风雪中保持温暖。"

这四位舅舅、舅公、叔叔、叔公异口同声地答道："这不是老鼠出没的时候，我们倒是想问问，你篮子里的鲶鱼是从哪里来的？"

"噢，噢，噢，求你们了，请看在奶油松饼村那五只锈色的幸运鼠的分上，请你们别这样。"美籍西班牙女孩"翅尖儿"喊道。

她的四位舅舅、舅公、叔叔、叔公停了下来。他们深长地看着美籍西班牙女孩"翅尖儿"的眼睛，就像他们之前想过的那样想道：她的眼睛是那么清澈的浅亮的蓝，就像夏季的任何一个月、一场太阳雨后的矢车菊，蓝色的雨滴在它银色的叶子上闪着光、跳着舞。

于是这四位舅舅、舅公、叔叔、叔公打开了门，让那只拎着装鲶鱼的篮子的灰鼠进来了。他们把厨房、火和盐在哪里都指给了它看。然后他们一直陪着它，看它给自己做鲶鱼汤，以帮它在雪花漫天的大风雪中行走时保持温暖。

他们打开前门让老鼠出去并和它道别之后，转向美籍西班牙女孩"翅尖儿"，叫她跟他们讲讲她和爸爸妈妈以及村民居住的奶油松饼村的那五只锈色的幸运鼠。

"当我还是个在成长的小女孩的时候，从我长大了些开始，还没有学会所有该学的知识之前，我的爷爷送了我一份生日礼物，那年我九岁。我记得他是这么对我说的，'在过完这个生日之后你再也不会是九岁，所以我把这个盒子送给你作为生日礼物。'

"盒子里装着一双红拖鞋，两只拖鞋上分别挂着个金钟。它们中的一个跑得快，另一个走得慢。他对我说，如果我想赶早去哪里，就看那个走得快的钟。如果我想晚到哪里，就看那个走得慢的钟。

"生日那天，他还带我穿过奶油松饼村的中心去了大线轴的圆房子附近的公共广场。在那里，他用手指指着那五只锈色幸运鼠的雕像。我记得他应该是这么对我说的：

"'很久很久以前，久到雪鸟还没有开始戴那些滑稽的小套帽和滑稽的小套鞋，也久到雪鸟还没有学会怎么摘掉

它们的套帽和脱掉它们的套鞋，很久以前，在遥远的洋葱炒肝脏村，吃奶油松饼的人们聚到了一起，在大街上集合了，他们拿起行李，把家当扛到肩膀上，从洋葱炒肝脏村走了出来，说："我们要找个新地方做村子，村子的名字就叫奶油松饼村。"

"'他们把麻袋装的行李扛在肩膀上，走到了大草原上。突然，天空刮起了暴风雪。风雪漫天。狂风大作，发出像沉重的车轴摩擦尖叫的吱嘎声。

"'雪下起来了，风没日没夜地在空中旋转着，第二天依然是这样。风变成了黑色，旋转着，把冰柱吐到他们脸上。他们在暴风雪中迷路了。它们认定自己会死在雪地里，被雪埋葬，等着狼来吃掉。

"'接着，那五只幸运的老鼠来了，那五只锈色的老鼠，它们的皮毛上都是锈，脚和鼻子上也都是锈，反正全身都是锈，尤其是，最特别的是，它们弯弯的长尾巴上也是锈。它们把鼻子钻进雪里，把弯弯的长尾巴高高竖立在雪地上，这样一来，迷失在暴风雪中的人们就可以像抓住把手一样抓住它们的尾巴。

"'于是，在风雪呼啸、暴风雪用冰柱抽打人们脸庞时，他们抓着那几只锈色老鼠弯弯的长尾巴，直到他们来到奶油松饼村所在的地方。是那几只锈色鼠救了他们的命，并指示他们应该把新村子建在什么地方。这就是为什么这座雕像会矗立在公共广场，这座以那五只锈色鼠的形状雕成的雕像，那五只把鼻子塞进雪地里、把弯弯的长尾巴高高竖立在雪地上的幸运鼠。'

"这就是我爷爷给我讲的故事。他说这件事发生在很久以前，久到雪鸟还没有开始戴那些滑稽的小

套帽和滑稽的小套鞋，也久到雪鸟还没有学会怎么摘掉它们的套帽和脱掉它们的套鞋。"

"噢——"舅舅、舅公、叔叔、叔公中的一位说。"嗯——"他们中的另外三个说。

"有时候，"美籍西班牙女孩"翅尖儿"补充道，"当你们离开洋葱炒肝脏村，穿过洗发香波河，跨越高地大草原走很远，直到来到奶油松饼村，你们会在那里找到一个女孩，她非常爱她的四个舅舅、舅公、叔叔和叔公。"

"如果你们礼貌地问她，她会给你们看那双挂着金钟的红拖鞋。一个钟是赶早用的，一个是迟到用的。如果你更礼貌些，她会带你们穿过城市中心去公共广场，指给你们看那五只锈色幸运鼠的雕像，它们弯弯的长尾巴像把手一样高高竖立在空中。那些尾巴弯得那么长、那么漂亮，你们会忍不住想爬上去，抓住它们，看会有什么事发生到自己身上。"

2.

关于土豆脸盲人的五个故事

把钻石兔丢在了金手风琴上的土豆脸盲人

曾经，有个土豆脸盲人经常在洋葱炒肝脏村最靠近邮局的大街的角落里拉手风琴。

"今天结冰了吗"走过来说："它看上去过去像是一把18克拉黄金的手风琴，里面镶着价值连城的当铺的钻石；它看上去曾经一度是一把很豪华的手风琴，只是现在没落了。"

"哦，是的，哦，是的，它的表面全都镶着金，"土豆脸盲人说，"而且它的两边把手旁都有一只钻石兔，也就是说，总共有两只钻石兔。"

"什么是钻石兔？""今天结冰了吗"问。

"我的意思是，它的耳朵呀、腿呀、头呀、脚呀、肋骨呀、尾巴呀，全都是用钻石做的，还有它枕在钻石脚指甲上的钻石下巴，这样才能做出一只漂亮的兔子啊。当我用手风琴演奏动人的乐曲时，人们会闻之落泪，这时我就会

把手指伸过去，抚摸兔子枕在它钻石脚指甲上的钻石下巴，对它说，'好啊，小兔，好样儿的，小兔。'"

"是的，我听到你说话，但好像是在说梦话。我很纳闷，为什么你的手风琴看上去像是被人偷了，送去了当铺，然后又把它赎了出来，然后又被人偷了，送去了当铺，接着又把它赎了出来，接着又被人偷了。他们不停地偷啊、把它从当铺赎出来、又偷，直到最后它上面的黄金都磨损了，所以它看上去不像当初那么风光。"

"哦，是的，哦，是的，你说得对。它和过去大不相同了。它现在比过去懂得多，就跟我这个土豆脸盲人比过去懂得多一样。"

"那跟我讲讲。""今天会结冰吗"说。

"这简单。如果一个瞎子在大街上拉手风琴把人拉哭了，那就表明它让人伤心了，而当人们伤心的时候，手风琴上的金子就会脱落。如果一个瞎子因为自己的音乐里充满了像睡谷中悠长的风一样的催眠曲而睡着了，那么他睡着的时候，钻石兔里的所有钻石都会脱落。我拉了一首催眠曲，然后睡了，等我醒来的时候，我发现钻石兔的钻石耳朵不见了。我又拉了一首催眠曲，然后又睡了，等我醒来的时候，我发现钻石兔的钻石尾巴也不见了。过了一会儿，两只钻石兔全都不见了，甚至是手风琴把手旁的枕在兔子钻石脚指甲上的钻石下巴，都不见了。"

"有没有什么我能帮得上忙的？""今天会结冰吗"问。

"我自己能应付得来，"土豆脸盲人说，"如果我过于懊悔，我就拉一首像睡谷里刮起一阵悠长的风的催眠曲。它能把我带去另一个地方，在那里，我有的是时间和金钱去做神奇的新手风琴和邮局的梦，每一个在邮局里收到信和没有收到信的人都会停下来，想起那个土豆脸盲人。"

土豆脸盲人是如何在
一个春光明媚的早上自得其乐的

一个周五早上，当弗卢米威斯特鸟高高坐在榆树上用真假嗓音交替歌唱的时候，土豆脸盲人坐在了洋葱炒肝脏村最靠近邮局的角落里开始工作了，拉起了他那把曾经风光一时的手风琴，愉悦那些走进邮局看是否自己或家人有信的人的耳朵。

"今天是个好日子，是个幸运的日子，"土豆脸盲人说，"因为一开始我就听到弗卢米威斯特鸟高高坐在榆树上那些还残留着树叶的长树枝上、用真假嗓音交替地唱着歌儿。所以——所以——我将在手风琴上拉出同样的高低音，把音拉长，就像从我快乐的手风琴里吐出的欢快的深长的呼吸一样，就像还有残留的树叶的树枝吐出的悠长的呼吸一样。"

于是他在椅子上坐下了，并在外套袖子上系了个标示：

"我也是瞎的。"他在外套最顶上的扣子上挂了个小顶针，在最末一粒扣子上挂了个锡铜杯，在中间那颗扣子上挂了个大木杯。他在人行道左边自己身旁放了个白铁洗衣盆，在右边则放了个铝洗碟盆。

"今天是个好日子，是个幸运的日子，我可以肯定会有许多人停下来，想起我这个土豆脸盲人。"他的手指像榆树上残留的树叶一样颤动着，开始在手风琴琴键上上下抚动，同时哼起了一首小曲儿。

然后"捡起来"来了。通常都是这样的，"捡起来"会有一大堆问题想要知道答案。于是他们就这样一问一答

起来，土豆脸瞎子用一大堆的解释填满了"捡起来"的耳朵。

"你有时候用手风琴拉得飞快的是什么曲子？有时候又拉得老慢的那是什么曲子？为什么有时候悲悲戚戚的，有时候快快乐乐的？"

"那是弗卢米威斯特鸟的妈妈在解开小弗卢米威斯特冬天的内衣时唱的歌，它是这么唱的：

"飞吧，我的小弗卢米。

"唱吧，我的小威斯特。"

"那你外套最上面的扣子上为什么有个小顶针？"

"那是给人们投一角硬币用的。有些人看到它时会说，

'噢，我要投一顶针的一角硬币进去。'"

"那个锡铜杯呢？"

"那是让棒球手站在十英尺开外投五分镍币和便士的。谁往杯子里投得最多就将最幸运。"

"那个木杯呢？"

"它底下有个洞。洞和杯底一样大。五分镍币进去了又会出来。那是为那些很穷的人准备的，他们想给我五分镍币，但又拿了回去。

"那个铝洗碟盆和白铁洗衣盆呢？你把它们放在人行道上身体两侧是干什么用的？"

"有时候可能会发生这种情况，每个走进邮局又出来的人都会停下来，将他们身上所有的钱都倒出来，因为他们也许会害怕自己的钱再也没有什么用了。如果这种情况发生了，那么有个地方让他们倒钱该有多好啊。这就是你看到铝洗碟盆和白铁洗衣盆的原因。"

"那请解释一下你身上的那个标示，为什么是'我也是瞎的'。"

"哦，这点我得向你道歉了，'捡起来'，我为什么要做这个标示呢？那是因为有些人经过这里，走进了邮局，又出来了，他们长了眼睛，但什么也看不见。他们只会看自己去往的方向，他们只会到自己想要去的地方，但他们忘记了他们为什么要来，也不知道该怎么离开。他们是我的瞎子兄弟。我这个写着'我也是瞎的'的标志是给他们准备的。"

"现在我的耳朵里装满了答案，谢谢你。""捡起来"说。

"再见。"土豆脸盲人边说边开始在手风琴上拉起像残留的树叶一样的长长的呼吸，伴随着琴声，他唱起了弗卢米威斯特鸟妈妈在给小宝贝解开冬天的内衣时唱的歌。

扑克脸狒狒和热狗老虎

当月亮镶着绿边，里面装着红肉馅儿，红肉馅儿上撒着黑籽儿时，鲁特伯格国的人们就叫它西瓜月亮，在这种时候，任何事情都有可能发生。

故事就发生在一轮西瓜月亮照耀大地的晚上。莉齐·拉扎勒斯来到土豆脸盲人楼上的房间。扑克脸狒狒和热狗老虎陪着她。她用一根粉红色的绳子牵着它们。

"你看，它们穿着睡衣呢，"她说，"今天晚上它们跟你

一起睡，明天让它们充当你的福神，跟你一起去工作。"

"福神是什么样子的？"土豆脸盲人问。

"福神就是能带来好运的东西。如果你有好运气，它们就会让你保有好运，如果你运气不好，它们会让你转运。"

"我听到你说的话了，我的耳朵听懂了你的意思。"

于是，第二天早上，当土豆脸盲人在洋葱炒肝脏村最靠近邮局的角落里坐下开始拉手风琴的时候，坐在他右手边人行道上的是扑克脸狒狒，坐在他左手边的则是热狗老虎。

它们看上去像是哑巴，因为它们实在是太安静了。它们看上去像是用木头和纸做的，然后涂上了颜色。扑克脸眼里装着某个遥远的东西。热狗眼里装着某个饥饿的东西。获得了衣服脱水机专利权的生产商——惠特森·温博，坐在他那辆不需要马拉的大轿车后排皮软垫座位上，从此处路过。

"在这里停一下。"他对开车的司机命令道。

接着，惠特森·温博坐在车里看着。首先他朝扑克脸狒狒眼里望去，看到了某个很遥远的东西。接着他朝热狗老虎眼里望去，看到了某个饥饿的东西。然后他念了念土豆脸盲人涂画的那个标示，上面写着：当你看到它们的时候你能看得见它们，而我看到它们的时候却看不见它们。你看得到它们眼里说的话，而我只能抚摸它们的毛发。接着，惠特森·温博命令司机继续开车。

一刻钟后，一个穿着工装裤的男人推着独轮手推车从大街上走了过来。他在土豆脸盲人、扑克脸狒狒和热狗老虎面前停住了。

"那个铝洗碟盘在哪里？"他问。

"在我左边的人行道上。"土豆脸盲人回答道。

"那个白铁洗衣盆呢？"

"在我右边的人行道上。"

于是穿着工装裤的男人拿起铲子，开始铲出独轮手推车里的银元，把它们铲进铝洗碟盘和白铁洗衣盆里。他不停地从独轮小推车里往外铲，直到把洗碟盘和洗衣盆都装满了。接着他将铲子放进独轮手推车里，然后又沿着大街走回去了。

　　那天晚上六点钟，"捡起来"过来了。土豆脸盲人对他说："今天晚上我要带回家一大堆钱，一铝洗碟盘的银元和一白铁洗澡盆的银元。所以我问你，你能帮我照看扑克脸狒狒和热狗老虎吗？"

　　"可以啊，""捡起来"说，"没问题。"他说到做到。他把一根粉红色的绳子系在它们腿上，把它们带回了家，放进了柴房。

　　扑克脸狒狒在柴房北端的软煤上睡着了，睡着的时候脸上有什么很遥远的东西，它是那么安静，看起来就像个把森林里的棕色毛发涂在它黑色皮肤上和把一个黑鼻子画在它棕色脸上的哑巴。热狗老虎在柴房南端的硬煤上睡着了，睡着的时候，眼睫毛上有什么饥饿的东西，它看上去就像个把黑色条纹画在它黄色肚子上和把一个黑点儿画在它那条黄色长尾巴上的哑巴。

　　到了早上，柴房里空荡荡的。"捡起来"对土豆脸盲人说，"它们留下了一张亲手写的便条，是用喷过香水的粉红色的纸写的。上面说，福神从来不会待太久。"

　　这就是为什么土豆脸盲人很多年都有银元花，这也是为什么鲁特伯格国的许多人都会把眼睛瞪得大大的，等着天空中出现一轮镶着绿边、里面装着红肉馅儿、红肉馅儿上撒着黑籽儿的西瓜月亮。

土豆脸盲人梦想乘雪橇飞到月亮上去

十月的一天早上，土豆脸盲人坐在靠邮局最近的角落里。

"今天会结冰吗"走过来说："这是一年中叫人伤心的时候。"

"伤心？"土豆脸盲人问，把手风琴从右边膝盖挪到左边膝盖，轻声地和着他在手风琴的琴键上摸索的调子哼唱着，"鸟儿带来了豆子，早上请高兴一些。"

"是啊，""今天会结冰吗"说，"每年这时候，树叶从绿变黄，树枝上的树叶枯了，掉到空中，风吹着它们，它们唱着：'嘘，宝贝，嘘，宝贝。'风把它们吹得满天飞扬，就像天空中飞满了忘记自己会不会唱歌的鸟儿，这难道还不让人伤心吗？"

"这让人伤心又不伤心。"瞎子这么回答道。

"听我说，"土豆脸说，"对我来说，这是一年中白月亮的雪橇梦回来的时候。在下第一场雪的前五周，这个梦总是会回来找我。它说：黑色的树叶正在落下，它们布满了天空，但五周后，那里的每一片黑色的树叶都将是一千颗闪耀着白色的冰晶。"

"你的白月亮雪橇梦是什么？""今天会结冰吗"问。

"我第一次做这个梦的时候还是个小男孩，那时候我的眼睛还是好的，那时候我的运气还在。我看到月亮上白色的大蜘蛛在忙活，在到处跑动，往上爬，往下爬，发出嘶嘶声，并用鼻子嗅来嗅去。我看了很久才看清月亮上的那只白色大蜘蛛在干什么。过了一会儿，我看到，它们在编制一辆长雪橇，一辆白色的雪橇，像雪一样洁白柔软。在嘶嘶和嗅嗅声中、在爬上爬下了很长时间之后，雪橇终于做好了，一辆可以从月亮上滑到鲁特伯格国的雪白的雪橇。

"坐着这辆雪橇从月亮上往下滑呀滑的是白金男孩和蓝银女孩。他们就摔倒在我脚下，因为，你看，那辆雪橇正好就停在我脚边。他们从雪橇滑出来、停在我脚边的时候，

我能弯下身子去拎起他们。我能一抓就抓起一大把，把他们抓在手上，和它们对话。不过，你懂的，每当我试图合上手掌，留住它们中的任何一个时，它们都会嘶嘶和嗅嗅，从我的指缝间跳出去。有一次，我左手大拇指上沾了一点金粉和银粉，他们从我手上逃走的时候一并把那些粉也给嘶嘶吹走了。

"有一次我听到一个白金男孩和一个蓝银女孩在小声说话。他们站在我右手的小手指尖上，小声嘀咕。一个说，'我找到了南瓜——你找到了什么？'另一个说，'我找到了榛子。'我接着听，然后发现原来有无数的南瓜和榛子，它们是那么小，我根本就看不到。然而这些从月亮上下来的孩子，他们能看到，并且每当他们从月亮雪橇滑下来的时候，都会带回整口袋的东西，那些东西是那么小，我们根本就看不到它们。"

"这些孩子真是太神奇了，""今天会结冰吗"说，"你能告诉我它们从雪橇上滑下来后是怎么回到月亮上去的吗？"

　　"哦，那简单。"土豆脸说，"它们滑回到月亮上去就像它们从月亮上滑下来一样容易。滑上去和滑下来对它们来说是一样的。那些白色的大蜘蛛在嘶嘶和嗅嗅，做那辆雪橇的时候早就设定好了。"

"把斧头给我"是怎么弄清之字形铁路以及是谁让它成为之字形的

一天"把斧头给我"自言自语道:"今天我要去邮局附近逛逛看。没准儿我会听到一些昨天晚上我睡着的时候发生的事情。没准儿一名警察在大笑的时候掉进了水池里,然后他从里面推着个独轮手推车出来,里面装满带着崭新珠宝的金鱼。谁知道呢?没准儿月亮上的那个男人从地下室楼梯下来,为月亮上的那个女人拿一罐酪乳喝,让她停止哭泣,没准儿他从楼梯上摔了下来,打破了罐子,然后大笑着捡起破瓦片,对自己说,'一片、两片、三片、四片,就算是最井井有条的家庭也会发生意外。'谁知道呢?"

于是,心里装满了简单和振奋的念头,"把斧头给我"走出门,来到后院花园,打量着那些生长在夏初的各种各样的领带罂粟花。他摘了一朵,打算佩戴在领巾上,去市

中心的邮局闲逛看看。

"戴着领巾四处走走、看看，会让人觉得赏心悦目，""把斧头给我"说，"就那条上面有幅图画的，画上像是一匹白脸小马驹坐在一只在月光中游泳的绿青蛙身上。"

于是他去了闹市区。他第一次看到了那个在最靠近邮局的角落里拉手风琴的土豆脸盲人。他问土豆脸："鲁特伯格国的铁轨为什么是之字形的？"

"很久以前，"土豆脸盲人说，"久到领带罂粟花还没有开始在后院里生长，久到像你那条印着一匹白脸小马驹坐在一只在月光中游泳的绿青蛙身上的领巾还没有出现，回

到那个遥远的年代，人们给铁路铺轨的时候，他们铺的轨道都是直的。"

"接着之之们来了。所谓之之，就是一种虫子。它们迈着之字形的腿之字形地跑着，用之字形的牙齿之字形地吃东西，用之字形的舌头吐出之字形的口水。

"无数只之之，头上顶着小尖头，脚下踩着小尖头，兴高采烈地来了。它们迈着之字形的腿跳上铁轨，用之字形的牙齿和舌头吐口水呀、扭啊，直到它们将整条铁路和所有的铁轨都扭成了之字形，于是列车呀、客运列车和货运列车呀，总之，所有的列车都得沿着之字形前行。

"然后那些之之爬进了田野里，它们躺在造型奇特的之字形的床上，身上盖着之字形的毛毯，在那里睡觉。

"第二天，铲工带着铲子来了，平滑工带着蓝色平滑印模来了，洒水工带着水桶和水勺，为的是铲工把铁轨铲平后舀水给他们解渴。我差点儿忘记了提蒸汽吊车操作工，他们也来了，他们发动了蒸汽吊车开始操作，将铁轨弄直。

"他们工作得很卖力，将铁路重新弄成了直的。他们看

着这项工程，对自己也对彼此说：'就是这样——我们做到了。'

"第二天早上，那些之之睁开它们之字形的眼睛，朝铁路和轨道望去。当它们看到铁路全又都变成了直的，那些轨道呀、链接呀、道钉呀，全都又变成了直的的时候，之之们急得甚至连早餐都没吃。

"它们从它们之字形的床上跳下来，迈着它们之字形的腿，跳到了轨道上，它们吐口水呀、扭啊，直到将所有的轨道、链接和道钉又变回到之字形的样子，就像字母 Z，也就是字母表最后的那个字母 Z。

"完事后，之之们回去吃早餐了。它们就像铲工、平滑工和蒸汽吊车操作工那样，对自己也对彼此说：'就是这样——我们做到了。'"

"所以说情况就是这样的？是之之们干的好事。""把斧头给我"得出结论。

"没错，是之之们，"土豆脸盲人说，"我听到的故事就是这样的。"

　　"谁告诉你的。"

　　"两只小之之。它们是在一个寒冷的冬夜来的，睡在了我的手风琴里，在那里，冬天有音乐给手风琴保暖。早上，我说，'早上好啊，之之们，昨天晚上你们睡得好吗，有没有做香甜的美梦？'它们吃完早饭后就跟我讲了这个故事。两只之之都是用婉转的像之字形的语调讲的，婉转的语调一模一样。"

3.

关于金鹿皮温琪儿的三个故事

布里克西·宾伯和金鹿皮温琪儿的故事

　　布里克西·宾伯一边寻找着好运一边长大了。如果她发现了一个马蹄铁，会把它带回家，在它上面系上一条丝带，把它挂在自己房间的墙上。她会透过指缝、从胳膊下、从右肩上看月亮，但从来不会，绝对不会，从左肩上看。当有人说起土拨鼠和它在二月的第二天出来时是否看到自己的影子时，她都会仔细听并记在脑子里。

　　如果她梦到洋葱，她就知道第二天她会发现一个银汤匙。如果她梦到鱼，她就知道第二天她会遇到一个能叫出

她的姓氏的陌生人。她在成长的过程中都在寻找好运。

事情发生在她十六岁那年，那时候她差不多是个大姑娘了，穿着长及鞋面的裙子。她去邮局看"彼得盼望土豆开花"——她最好的密友有没有给她来信，要不就是她最好的朋友——"跳蚤吉米"，她和他一直保持着稳定的关系。

"跳蚤吉米"是个攀爬者。他爬摩天大楼、爬旗杆、爬烟囱，是个有名的高空作业工人。布里克西·宾伯因此而喜欢他，但这只是很小一部分原因，更重要的是他会吹哨子。

每次布里克西对吉米说："我很忧伤，快吹哨子把我的忧伤赶走。"吉米就会自然而然地吹起哨子，直到那些忧伤自然而然地从布里克西身上离开。

在去邮局的路上，布里克西发现了一个金鹿皮温琪儿。它就躺在人行道中央。它是如何和为何来到那里的，她永远都不会知道，也从来没有人告诉过她。"这就是运气。"她一边飞快地把它捡起来，一边自言自语道。

于是她把它带回了家，把它挂在了一条小链子上，然后把它戴在了脖子上。

她不知道，也从来没有人告诉过她，金鹿皮温琪儿和普通平常的温琪儿是不一样的。它有魔力。如果一个事物在你身上施加了魔力，那么你自然就无法控制自己。

布里克西·宾伯就这样把那个挂在一条小链子上的金鹿皮温琪儿戴在脖子上，从不知道它有魔力，而且那股魔力一直都在发挥作用。

"你会无可救药地爱上遇到的第一个名字里有一个'克斯'的男人。"金鹿皮温琪儿里的那股无声魔力说道。

这就是为什么布里克西·宾伯会在邮局停下来，折回去问邮局窗口的职员是否确定没有她的信。那个职员名叫赛拉斯·巴克斯毕。他和布里克西·宾伯稳定地交往了六个星期。他们一起去跳舞、去开装草架大车、去野餐、去狂欢作乐。

在整个过程中，金鹿皮温琪儿里的魔力都在发挥作用。它挂在一条小链子上，戴在她脖子上，一直都在发挥作用。

它在说，"你会无可救药地爱上遇到的下一个名字里有两个'克斯'的男人。"

她遇到了一个中学校长。他名叫弗里茨·阿克斯森巴克斯。布里克西在他面前垂下了眼帘，冲他微笑。他和布里克西·宾伯稳定地交往了六个星期。他们一起去跳舞、去开装草架大车、去野餐、去狂欢作乐。

"你为什么要和他稳定交往？"她的亲戚问。

"因为他有股魔力，"布里克西回答道，"让我情不自禁——那是一种魔力。"

"他的脚一只大一只小——你怎么能跟他稳定交往？"他们又问。

她能回答的只有："那是一种魔力。"

当然了，在整个过程中，她戴在脖子上、挂在那条小链子上的那枚金鹿皮温琪儿都在发挥作用。它在说，"如果她遇到一个名字里有三个'克斯'的男人，她肯定会无可救药地爱上他。"

一天晚上，在公共广场的一个乐队音乐会上，她遇见了詹姆斯·希克斯比克斯迪克斯。她无法自制，在他面前垂下了眼帘，冲他微笑。他们稳定地交往了六个星期。他们一起去跳舞、去开装草架大车、去野餐、去狂欢作乐。

"你为什么要和他稳定交往？他是个音乐汤食者。"她的亲戚问。而她则回答说："那是一种魔力，我控制不了自己。"

一天，她把头低下，凑到一个储雨蓄水池里，去听水池那奇怪的木槽壁上撞击的回声，挂在小链子上、戴在她脖子上的那枚金鹿皮温琪儿一不小心滑落了下来，掉进了雨水中。

"我的运气走了。"布里克西说。接着，她走进房子打了两个电话。一个是给詹姆斯·希克斯比克斯迪克斯的，她告诉他那天晚上她不能跟他约会了。另一个是打给"跳蚤吉米"——那个攀爬者，也就是高空作业者的。

"过来吧——我心情糟透了，我需要你的哨声把我的忧伤赶走。"她在电话里这么对"跳蚤吉米"说。

所以，如果你碰巧看到一个金鹿皮温琪儿，那你得小

心了。它有股魔力。它会让你无可救药地爱上你接下来会遇到的名字里有一个"克斯"的男人。要不就是它会干其他怪事，因为不同的温琪儿拥有不同的魔力。

"醉鬼暴饮杰森"的故事，以及他为什么有爆米花帽子、爆米花手套和爆米花鞋子

"醉鬼暴饮杰森"是个水池清理工。他的头发是绿黄色的。当他用桶打烂泥的时候，如果你低头朝水池里看，凭他绿黄色头发上的光泽，你就能知道他在哪里，你就能在乌漆墨黑的水池里找到他。

有时候，装烂泥的桶会打翻，烂泥会从他头顶流下来，

这会盖住他绿黄色的头发。那就很难看清他在哪里了，想要在他正在清理的水池的那团漆黑里找到他还真不容易。

"醉鬼暴饮杰森"来到宾伯家敲门。

"我没搞错吧？"他对宾伯夫人，也就是布里克西·宾伯的妈妈说，"是你派人叫我来清理你家后院的水池？"

"完全正确，"宾伯夫人说，"你就像春天盛开的鲜花一样受欢迎，特拉拉①。"

"那么我就去干活，清理水池了，特拉拉，"他对宾伯夫人回答道，"你找的人就是我，特拉拉。"他又说，用他漂亮的手指梳着他那散发着明亮光泽的绿黄色头发。

他开始忙活起来。布里克西·宾伯来到后院，低头朝水池里看去，发现里面一片漆黑。除了漆黑之外什么都看不到。但慢慢地，她看到某个绿黄色的东西。她注视着它，很快就看出那是"醉鬼暴饮杰森"的头和头发。接着她明白了，是有人在清理水池，那个人就是"醉鬼暴饮杰森"。于是她高兴地哼了几声特拉拉，回屋去了，告诉妈妈"醉

_____

① 表示高兴的欢呼声或短促的重复歌声。

鬼暴饮杰森"在干活。

"醉鬼暴饮杰森"终于打完了最后一桶烂泥。他眯着眼看着水池底。有什么东西在闪着光。他把手指伸进烂泥里，拿出了那个闪光的东西。

那是上周布里克西·宾伯低头朝水池看能看到什么时从戴在她脖子上的金链子上掉下去的那枚金鹿皮温琪儿。它正是那枚金鹿皮温琪儿，它光彩熠熠，就像幸福的象征。

"我的好运来了。""醉鬼暴饮杰森"说，把手指在他绿黄色的头发上擦了擦。然后他把那枚金鹿皮温琪儿装进了背心口袋里，再一次自言自语道，"我的好运来了。"

那天晚上六点多一点，"醉鬼暴饮杰森"走进自己的房子，回到了家，他跟老婆和女儿打了个招呼。结果她们全都大笑不已，是那种乐不可支的笑。

"有什么好笑的事情吗？"他问。

"不就是你吗？"她们再一次乐不可支地笑起他来。

接着她们指给他看。他的帽子是爆米花样的，手套是爆米花样的，鞋子也是爆米花样的。他不知道那枚金鹿皮

温琪儿有股魔力，一直都在发挥作用。他不知道他背心口袋里的那枚温琪儿在说，"你名字里有个'暴'字，所以你必须戴着爆米花的帽子、爆米花的手套，穿着爆米花的鞋子。"

第二天早上，他换了顶帽子，换了双手套，换了双鞋。但他一把它们戴上和穿上，它们就变成了爆米花的样子。

于是他把自己所有的帽子、手套和鞋子都试了试，但总是在他戴上或穿上它们的那一刻，它们就变成了爆米花的样子。

他去了市中心的商店。他买了顶新帽子、一副新手套和一双新鞋。但他一戴上和穿上它们，它们还是立马就变成了爆米花的样子。

于是他只好决定戴着他的爆米花帽子和爆米花手套，穿着爆米花鞋子去干活儿，清理水池了。

奶油松饼村的人们喜欢看着他从大街上走过来，去清理水池。就算住在五六个街区开外的人都能看到他戴着爆米花样子的帽子、爆米花样子的手套，穿着爆米花样子的鞋子来来去去。

当他下到水池里去的时候，孩子们喜欢低头朝水池里看他干活儿。当没有烂泥掉到他的帽子和手套上的时候，很容易找到他人在哪里。亮闪闪的爆米花发出的光把整个水池里面都照得通亮。

当然了，有时候，白色的爆米花上沾满了黑色的烂泥。那么，当醉鬼暴饮杰森从水池里上来回家的时候他就没有那么耀眼，也就没有那么容易被发现了。

对于"醉鬼暴饮杰森"来说那是个滑稽的冬天。

"这是在犯罪，是一起肮脏的罪行，"他自言自语道，"现在，我再也不能独立思考了。我走在大街上的时候，人

人都在看我。"

"如果我碰到葬礼，甚至是抬棺人都要冲着我的爆米花帽子大笑一番。如果我碰到去参加婚礼的人，他们就会把所有的米都朝我撒，好像我既是新娘又是新郎似的。

"无论我走到哪里，马儿都想吃我的帽子。这个冬天我已经喂了三顶帽子给马吃了。

"而且，如果我一不小心把一只手套掉到地上，小鸡就会去啄它。"

然后"醉鬼暴饮杰森"开始变了。他变得膨胀起来。

"我一直都想有顶像这顶白色爆米花一样的漂亮的白帽子。"他自言自语道。

"我也一直想要像这样的白色爆米花一样的漂亮的白手套和白鞋子。"

当孩子们起哄道"雪人！呀呀——哈哈——呵呵，雪人"时，他只是举起手臂，向他们挥手致意，以此表示他为他的样子感到骄傲。

"他们全都在关注我，"他自言自语道，"我是惹人注目的，对不对？"他问自己。

他把右手放进左手里，自己和自己握手，说："毫无疑问，你的样子很出众。"

一天，他决定扔掉那件背心。而那枚金鹿皮温琪儿就装在那个背心口袋里，它的魔力在发挥作用，它在说，"你的名字里有个'暴'字，既然你欢喜在名字里有个'暴'字，那你就得戴着爆米花一样的帽子，戴着爆米花一样的手套，穿着爆米花一样的鞋子。"

是的，他扔掉了那件背心。他全然忘记了背心里装着那枚金鹿皮温琪儿。

他就那么把那件背心给了一个捡破烂儿的。后者把那件装着那枚金鹿皮温琪儿的背心塞进了他背上的一个袋子里，就这么走了。

从此以后，"醉鬼暴饮杰森"就和其他人没什么两样了。他的帽子再也不会变成爆米花，手套和鞋子也不会。

当任何人低头看他在水池下面清理水池，或任何人看到他沿着大街走来的时候，他们都是凭着他那头总是充满

亮光的绿黄色头发认出他的。

所以，如果你的名字里有个"暴"字，如果你碰巧看到一枚金鹿皮温琪儿，那可要当心了。记住，不一样的温琪儿拥有不一样的魔力。

老破烂王哈伯克库克、两只蓝老鼠和带着现金来的马戏团的人的故事

老破烂王哈伯克库克正在回家的路上。他这天的工作结束了。太阳已经落山，街灯开始亮起来。盗贼开始夜晚的工作。这个时候，对于一个诚实的捡破烂儿的来说，不适合去敲人家的后门，问，"有没有破烂儿？"或"有没有破烂儿？瓶子？骨头？"或"破烂儿？瓶子？骨头？旧铁？有没有铜、黄铜、不能再穿的、对任何人来说都没有

用的破鞋？有没有旧衣服、旧外套、裤子或背心？只要是旧衣服我都要。"

是的，老破烂王哈伯克库克正在回家的路上。在他背上的粗麻布袋里，袋子里鼓在所有隆起的破烂儿最顶上的是一件旧背心。正是"醉鬼暴饮杰森"从门里扔给他的那件旧背心。背心的口袋里装着那枚拥有魔力的金鹿皮温琪儿。

好吧，老破烂王哈伯克库克像往常一样回到家，坐下来吃晚餐，他拍着嘴，像往常一样吃了一顿丰盛的鱼晚餐。接着他来到后院的棚屋里，打开了那个粗麻布袋，就像他每天回到家，打开那个粗麻袋布，将东西拿出来分门别类一样，将东西拿出来分门别类。

在所有东西中他最后拿出来分门别类的是口袋里装着那枚金鹿皮温琪儿的背心。"我要把它穿上——这是件令人快乐的破烂儿，"他看着那件背心说，"这是一件幸运的背心。"于是他把右臂套进右边的袖孔，把左臂套进左边的袖孔。他把两只手臂都套进了那件被他拿出来归类为新的旧背心的袖孔里。

　　第二天早上，老破烂王哈伯克库克吻别了妻子和他两个分别为十八岁和十九岁的女儿。就像一直以来吻她们的那样——匆匆忙忙的——边吻着她们中的每一个，边说："如果我不能快点回来那我会尽快，我只要回来就会回家。"

　　是的，于是老破烂王哈伯克库克沿着大街走了。他一离开家怪事就发生了。他右边肩膀上站着一只蓝色的老鼠，左边肩膀上站着另一只蓝色的老鼠。他只能去看它们才知道它们在那里。

　　它们就在那里，在他耳旁。他能感觉到它们的腮须的末端扫着他的耳朵。

　　"从我捡破烂儿以来，这种事还从来没有发生在我身上，"他说，"两只蓝老鼠站在我耳边，什么都不说，即使它们明知我正在听它们有没有什么想对我说的。"

　　于是老破烂王哈伯克库克走过两个街区、三个街区、四个街区，眯着右眼斜睨着他右肩上的蓝老鼠，眯着左眼斜睨着他左肩上的蓝老鼠。

"换作是我站在某个人的肩膀上，腮须就在那人的耳朵里，我肯定会说点什么给那人听的。"他咕哝道。

当然了，他不明白是那个金鹿皮温琪儿和那股魔力在捣鬼。在他穿在身上的那件背心的口袋里，那枚金鹿皮温琪儿的魔力在说："既然你的名字里有两个'老'字，那你肩膀上必须有两只蓝老鼠，一只蓝老鼠贴近你右耳，另一只蓝老鼠贴近你左耳。"

这天生意不错，老破烂王哈伯克库克从来没有收到过这么多的旧破烂儿。

"下回再来——你，还有你那两只幸运的蓝老鼠。"人们对他说。他们在地窖里、阁楼里到处翻，给他找出瓶子、骨头、铜、黄铜、旧鞋子、旧衣服。

每天早上，当他肩膀上站着那两只蓝老鼠走在大街上的时候，两只老鼠眨着眼睛目视前方，咀嚼着自己的腮须，因此有时候会弄得老破烂王哈伯克库克的耳朵痒痒的，有时候女人会跑到前走廊看着他说，"天，他可真是一个奇怪又神秘的老捡破烂儿的，那两只可真是奇怪又神秘的老蓝老鼠！"

从头至尾，那枚金鹿皮温琪儿和那股魔力都在发挥作用。它在说："只要老破烂王哈伯克库克保留着这两只蓝老鼠，他就会拥有好运气。但，如果他卖掉了它们中的一只，那么他两个女儿中的一个就得嫁给一个出租车司机，如果他卖掉了另一只，那么他的另一个女儿就会嫁给一个电影明星。"

接着可怕的事情发生了，一个马戏团的男人来了。"我给你一千美元现金买你一只蓝老鼠，"他认真地说，"我给你两千美元现金，两只一起买下。"

"给我看看两千美元现金全部数出来，码成一堆，让一个男人用粗布麻袋垃圾袋带回家是多少。"这就是老破烂王哈伯克库克的回答。

马戏团的人去了银行，戴着绿钞美元现金回来了。

"这种绿钞现金是国家政府用最好的丝布制作的，为的是能让共和国的经济繁荣昌盛。"马戏团的男人认真地说。

"最好的丝布。"他将两根手指放在老破烂王哈伯克库

克的鼻子下又认真地说了一次。

"我愿意，"老破烂王哈伯克库克说，"成交。那是一整粗布麻袋的绿钞现金。我会跟我的妻子说它是国家政府为使共和国的经济繁荣昌盛而印刷的。"

接着他吻了吻那两只蓝老鼠，一只在他右耳上，另一只在他左耳上，然后把它们交给了那个马戏团的男人。

因为此，第二个月，他十八岁的女儿嫁给了一个出租车司机，这个司机每时每刻都对顾客彬彬有礼的，以至于从来没有时间礼貌地对待自己的妻子。

因为此，他十九岁的女儿嫁给了一个电影明星，他那么努力地在电影里表现得温柔善良，以至于在下班回家后从没有足够的温柔善良留给自己的妻子。

而且，那个出租车司机女婿从老破烂王哈伯克库克那里偷走了他那件装着那枚金鹿皮温琪儿的幸运背心。

4.

关于黑暗门廊的深深不幸的四个故事

布娃娃和扫帚柄儿的婚礼队伍
以及队伍里的嘉宾

布娃娃有很多朋友：毛掸子扫帚、火炉铲子、咖啡壶。它们都非常喜欢布娃娃。

但布娃娃结婚时选的新郎却是扫帚柄儿，因为是它修好了她的眼睛。

一个骄傲的孩子，骄傲却粗心，一天将布娃娃的头绑在了一扇门上，将她很久以前缝上去的两只玻璃眼珠给打落了。然后，是扫帚柄儿找到了两个黑色的加利福尼亚李干，将它们安在了原本那两只眼睛所在的地方。于是布娃娃有了两只漂亮的、乌黑崭新的眼睛，甚至有人给她取了个绰号，叫"黑眼睛"。

布娃娃和扫把柄儿结婚的时候举行了一场婚礼。那是一场盛大的婚礼，婚礼队伍的排场是布娃娃婚礼上最盛大的。而且我们敢肯定，没有哪个扫把柄儿结婚的时候有过更盛大的婚礼队伍。

那队伍里都有谁呢？好吧，走在最前头的是舔勺子的。它们中的每一个都拿着个茶勺或汤匙，但它们中的大部分拿着的都是一个大餐匙。它们在勺子里装着什么呢？噢，有的装着奶油硬糖，有的装着肉汁，有的则装着棉花糖软糖。每个家伙都在勺子里装了些甜丝丝或者油腻腻的东西吃。当它们在布娃娃和扫帚柄儿的婚礼队伍中往前走的时候，它们舔着自己的勺子，四下里看看，然后又舔舔自己的勺子。

接下来的是敲锡锅的，有的拿着洗碗盆，有的拿着煎锅，有的拿着土豆去皮锅。所有锅盆都是锡做的，底部都是紧致的锡铁。这些敲锡锅的用刀啊、叉啊、铁啊和木梆子敲着锡锅底。当它们在布娃娃和扫帚柄儿的婚礼队伍中往前走的时候，它们敲着锅，四下里看看，然后又接着敲。

再然后来的是巧克力下巴们。它们全都在吃巧克力。那些黏滑的巧克力流得它们下巴上到处都是。它们中的一些用黑色的巧克力拍打着自己的鼻尖儿，一些把棕色的巧克力几乎伸到自己的耳朵上。当它们在布娃娃和扫帚柄儿的婚礼队伍中往前走的时候，它们把下巴伸到空中，四下里看看，接着又把下巴伸到空中。

再接下来的是脏围嘴儿。它们戴着普通的白围嘴儿、方格围嘴儿、条纹状围嘴儿、蓝围嘴儿和带着蝴蝶图案的围嘴儿。但所有的围嘴儿都是脏的。白围嘴儿是脏的、方格围嘴儿是脏的、条纹围嘴儿是脏的、蓝围嘴儿是脏的、

蝴蝶纹围嘴儿也是脏的，它们全都是脏的。于是在布娃娃和扫帚柄儿的婚礼队伍中，脏围嘴儿们将它们的脏手指放在围嘴儿上往前走着，四下里看看，哈哈大笑，又四下里看看，接着又哈哈大笑。

再然后来的是干净耳朵。它们很骄傲。它们是怎么混进队伍的没有人知道。它们的耳朵全都是干净的。它们不仅外面干净，里面也很干净。它们的耳朵里面和外面都没有一丁点儿污垢、灰尘或脏乱。于是在布娃娃和扫帚柄儿的婚礼队伍中，它们扭动着耳朵，四下里看看，接着又扭扭耳朵。

再接下来的是怕痒者。它们的脸闪闪发光，脸颊像崭新的肥皂块。它们的肋骨强壮，肋骨上的肉和脂肪厚实。一眼就能看得出来它们在说："别挠我痒痒，我可怕痒了。"当它们在布娃娃和扫帚柄儿的婚礼队伍中往前走的时候，它们自己挠自己痒痒，笑得乐不可支，然后四下里看看，接着又自己挠自己痒痒。

音乐主要是音乐汤食者演奏的。它们把大汤碗和喝汤的大勺子捧在面前往前走着。它们吹着哨子，呼哧呼哧地喝着汤，发出的声音就连远在队伍前头的舔勺子的都能听到。于是它们舀着汤，四下里看看，接着又舀着汤。

接下来是圆球白鲑。它们都是小圆球，长着一张圆脸，嘴里发出呃呃的声音，令人生厌。但它们不是胖娃娃，哦，不，哦，不——不胖，只是有些圆，很容易挤压。它们迈着圆滚滚的腿和圆滚滚的脚往前走着，扭动着圆滚滚的身子，四下里看看，然后又扭动着圆滚滚的身子。

走在布娃娃和扫帚柄儿的婚礼队伍末尾的是瞌睡虫。它们都微笑着，很高兴能参加队伍，但它们都耷拉着脑袋，笑容一半都消退了，眼睛半闭着，甚至不只是半闭着。它们脚步有点儿踉跄，因为它们的脚不确定要往哪儿去。它们是瞌睡虫，走在布娃娃和扫帚柄儿的婚礼队伍最末尾，这些瞌睡虫一次都没有朝四周瞧过。

多么盛大的一支队伍啊！你们认为呢？

铲灰帽是怎么帮助斯努夫的

　　如果你想记住斯尼格家的所有六个孩子的名字，那么记住，他们中大的三个分别叫布林科、斯温科和金科，小的三个则分别叫布朗科、斯旺科和姜科。去年一月的一天，三个大的和三个小的吵了一架。为的是给雪人斯努夫做一顶新帽子，他该戴什么样的帽子？还有，他该怎么戴？布林科、斯温科和金科说，"他想要一顶直着戴的歪帽子。"

布朗科、斯旺科和姜科则说，"他想要一顶歪着戴的直帽子。"他们吵啊吵。布林科和布朗科吵，斯温科和斯旺克吵，金科和姜科吵。吵架后首先和好的是金科和姜科。他们想好了解决争吵的最好的办法。"让我们给它歪着戴上一顶歪帽子。"金科说。"不，让我们直着给它戴上一顶直帽子。"姜科说。他们站在那里，笑望着彼此带笑的眼睛，然后两人异口同声对彼此大声说道："让我们给它戴上两顶帽子吧，歪帽子歪着戴，直帽子直着戴。"

好吧，他们开始四处找帽子。但哪里都没有找到，因为，没有帽子足够大，能装得下雪人斯努夫那么大的脑袋。于是他们走进屋子，找他们的妈妈要铲灰帽。当然了，换作大部分其他家里，如果六个孩子同时梆梆梆地敲门、咚咚咚地走进来，一起嚷嚷着对妈妈说："铲灰帽在哪儿？"妈妈也许会很着急，但斯尼格夫人一点都不着急。她用手指揉着下巴，柔声说："噢，哎呀呀，哎呀呀，那顶铲灰帽在哪儿呢？我上个星期给斯尼格先生做帽子的时候还戴过呢。我记得我把那顶铲灰帽就放在了那座钟的上面，哎呀

呀，哎呀呀。去按下前门门铃。"她对金科·斯尼格说。金科朝前门跑去。斯尼格夫人和五个孩子则等待着。叮咚，叮咚，铃声响了，听，钟门开了，铲灰帽掉了出来。"噢，哎呀呀，现在赶紧离开这儿吧。"斯尼格夫人说。

孩子们跑了出来，用铲灰帽挖了一大桶帽子灰。他们给斯努夫做了两顶帽子，一顶歪的，一顶直的。他们把歪帽子歪着戴，直帽子直着戴。斯努夫站在前院里，大街上只要有人经过，他就会向他们脱帽致敬。摘歪帽子的时候手臂曲着，摘直帽子的时候手臂直着。斯尼格家孩子之间的争吵就这么结束了，而且是金科——大孩子中最小的那个，和姜科——小孩子中最小的那个，用清澈的眼神看着彼此的眼睛，哈哈大笑地解决的。如果你也遇到过这种纷争，不妨试着用这个办法看看。

三个带着糖浆罐子和神秘梦想的孩子

　　在洋葱炒肝脏村里，如果有一个男孩去杂货店买一罐糖浆，那很平常。如果两个男孩一起去杂货店买一罐糖浆，那也很平常。但如果是三个男孩一起去杂货店分别买了一罐糖浆，那情况就变得很不寻常了。

　　依塔·佩卡·派带着愿望长大了，愿望在心里发酵。他心里每藏着一个愿望，脸上就长出一颗雀斑。每当他笑

的时候，笑容就会远远地跑到他脸颊边上，消失在他的愿望雀斑里。

米尼·麦尼带着怀疑长大了，怀疑在他心里发酵。一段时间过后，有些怀疑印刻在了他的眼睛上，有些印刻在了他的嘴上。所以当他径直看着别人的脸时，他们常常说："米尼·麦尼看上去是那么哀伤，我都要怀疑他能不能过得下去。"

米尼·莫则不同。他不像米尼·麦尼那么哀伤和怀疑，也不像依塔·佩卡·派那样心里充满愿望，脸上长满雀斑。他心里交织着愿望和怀疑。于是他脸上不仅长着几颗雀斑，同时也露出几丝怀疑。所以当他径直看着别人的脸时，他们常常说："我不知道是该笑还是该哭。"

于是这三个男孩带着愿望、怀疑、交织的愿望和怀疑慢慢长大了。他们看上去各不相同。然而，他们中的每一个都怀抱着一个神秘的梦想。而且他们三个人的梦想是一样的。

所谓梦想，就像个爬行动物，它日夜在你心里爬着、爬着，唱着小曲儿："来找我吧，来找我吧。"

依塔·佩卡·派、米尼·麦尼和麦尼·莫的神秘梦想是去坐火车，日日夜夜，年复一年地坐火车。火车上的哨声和车轮声对他们来说就像美妙的音乐。

每当这个神秘的梦想在他们心里爬着，使得他们无比悲伤，悲伤得快活不下去和无法忍受的时候，他们三个就会把手搭在彼此肩上，唱起《乔之歌》。他们是这样一起唱的：

乔，乔，在去墨西哥的路上，

弄破了脚指头。

回来时，在铁轨上滑啊滑，

弄伤了他的背。

一个夏天晴朗的早上，这三个孩子各自的妈妈分别给了他们每人一个罐子，说："去杂货店买一罐糖浆回来。"于是这三个孩子同时去了杂货店。他们三个人一起出的杂

货店，每个人手里都拿着一罐糖浆，每个人心里那个神秘的梦想都在爬着，他们三个人一起。

他们在距离杂货店两个街区的一棵光滑的榆树下停下了。依塔·佩卡·派伸长脖子，抬头笔直朝那棵光滑的榆树里望去。他说这对他的雀斑来说总是特别好，站在一棵光滑的榆树下抬头看，能帮助他实现梦想。

就在他抬头看的时候，他左手松开了糖浆罐的罐柄。罐子哐当一声落在了石头人行道上，破成了碎片，里面的糖浆撒在了人行道上。

如果你没有见过这场景，那让我告诉你吧，糖浆从破罐子里流出来，撒在一棵光滑的榆树下的石头人行道上，看上去很特别且充满神秘感。

依塔·佩卡·派光脚走进糖浆里。"好好玩，"他说，"脚底下痒痒的。"闻言，米尼·麦尼和麦尼·莫也光脚踩了进去。

于是情况就这么发生了。一个孩子变小了，另一个也变小了。他们三个全都变小了。

"在我眼里你们现在只有马铃薯瓢虫那么大。"依塔·佩卡·派对米尼·麦尼和麦尼·莫说。"我们看你也一样。"米尼·麦尼和麦尼·莫对依塔·佩卡·派说。接着他们又开始莫名地因为那神秘的梦想忧伤起来，于是他们全都站在那里，手搭在彼此肩上，唱起了《墨西哥乔之歌》。

他们沿着人行道闲逛着，穿过一片草地。经过许多蜘蛛和蚂蚁的家。在一栋房子前，他们看到蜘蛛夫人在一个浴盆上给蜘蛛先生洗衣服。

"你为什么要在头上戴那个平底锅？"他们问她。

"在这个国家，女士想要戴帽子的时候都会在头上戴平底锅。"

"那如果你在用平底锅炒菜的时候想要戴帽子该怎么办？"依塔·佩卡·派问。

"在这个国家，这种事从来没有在任何受尊敬的女士身上发生过。"

"你从来不戴新款帽子吗？"

"是的。但每年春天和秋天我们都会有新款的平底锅。"

他们藏在一个粉红色草丛根里，来到了一个歪鼻子蜘蛛的城市。大街上有一家店，橱窗里摆满了粉红色阳伞。他们走进去对店员说："我们想买阳伞。"

"我们这里不卖阳伞。"蜘蛛店员说。

"好吧，那借我们每人一把阳伞。"他们三个齐声说。

"非常乐意，乐意之至。"店员说。

"你怎么能这么好？"依塔问。

"我丝毫不勉强。"蜘蛛店员答道。

"这是怎么开始的？"

"我也不记得了。"

"难道你不厌烦吗？"

"每一把阳伞都能给我带来乐趣。"

"阳伞被拿走后你怎么做？"

"它们总是会回来。这些是用著名的粉红草做出来的著名的歪鼻子阳伞。你们最终都会把它们弄丢，它们所有三把。接着它们就又会走回到大街上这家店我这里来。我不能卖给你们明知你们注定会失去的东西。我也不能要你们为你们会忘记的东西付钱，某时某地，当你忘记它的时候，它就会又走回到我这里来。瞧——瞧！"

就在他说"瞧"的时候，门开了，五把粉红色的阳伞跳着华尔兹走了进来，又继续跳着华尔兹跳进了橱窗里。

"它们总会回来。没有人记得借过它们。拿伞走吧。你们会忘记它们，它们又会回到我这里来的。"

"看样子他像是心里有愿望。"依塔·佩卡·派说。

"看样子他像是有怀疑。"米尼·麦尼说。

"看样子他像是既有愿望又有怀疑。"麦尼·莫说。

于是他们三个再一次感到寂寞，他们神秘的梦想又开始爬动着、啃噬着，他们把手搭在彼此肩上，又唱起了《墨西哥乔之歌》。

接着令人开心的事情发生了。他们不知怎么地就进了马铃薯瓢虫国。他们一走进这个国家就被好运砸中了。他们遇到了一位马铃薯瓢虫百万富翁。

"你为什么是百万富翁？"他们问他。

"因为我有一百万。"他回答道。

"一百万什么？"

"一百万菲利姆。"

"谁要菲利姆呀？"

"如果你要在这里生活就需要。"

"为什么？"

"因为菲利姆是我们的钱，在马铃薯瓢虫国，如果你没有菲利姆，你就什么都不能买。但如果你有一百万的菲利姆，你就是一位马铃薯瓢虫百万富翁。"

接着他把他们都惊到了。

"我喜欢你，因为你有愿望和雀斑。"他对依塔·佩卡·派说，把菲利姆往他的口袋里装。

"我喜欢你，因为你心存怀疑，看上去很悲伤。"他对米尼·麦尼说，给他的口袋装满了菲利姆。

"我喜欢你，因为你既有愿望又感到怀疑，你看上去很矛盾。"他对麦尼·莫说，把大把大把的菲利姆塞进他的口袋。

愿望真的成真了。怀疑也真的成真了。他们一辈子都在期盼，他们一直怀疑将会发生什么，结果现在全都成真了。

口袋里装满了菲利姆，他们坐遍了马铃薯瓢虫国的所有火车。他们去火车站，买了快车车票和慢车车票，甚至是往回倒开，而不是开往他们要去的地方的车票。

他们在马铃薯瓢虫国的列车餐车里吃着著名的马铃薯瓢虫猪肉做的神奇火腿，著名的马铃薯瓢虫鸡下的蛋，和其他美食。

他们似乎在马铃薯瓢虫国待了很长一段时间，年复一年。终于有一天，他们花光了所有的菲利姆。于是，每当他们想坐火车，或吃的东西，或睡的地方时，他们就把手搭在彼此肩上，唱起那首《墨西哥乔之歌》。马铃薯瓢虫国的人们都说这首歌很好听。

一天早上，当他们在等一辆到俄亥俄和西南部的早班特快列车时，他们坐在一棵大马铃薯的根边、绿色的大叶子下。他们在高高的头顶上方看到一团昏暗的乌云，听到一阵摇晃、沙沙和飞溅声。他们不知道那是洋葱炒肝脏村的一个人。他们不知道那是斯尼格先生在往马铃薯植物上浇翡翠绿 ①。

一大滴翡翠绿飞溅了下来，落在了他们所有三个——依塔·佩卡·派、米尼·麦尼和麦尼·莫的头上和肩膀上。

接着意外发生了。他们变得越来越大，越来越大——一个，两个，三个。当他们跳起来，从一排排的马铃薯植物中跑出来时，斯尼格先生还以为他们是搞恶作剧的小

———————————————
① 用作颜料、杀虫剂和木材防腐剂。

男孩。

他们回到家，告诉妈妈糖浆罐摔碎在了一棵光滑的榆树下的石头人行道上，他们的妈妈说他们真是太粗心了。但孩子们却说那真是太幸运了，因为它帮他们实现了他们神秘的梦想。

而所谓神秘的梦想，指的是一只小爬虫，它日日夜夜在你的心里爬着，唱着小曲儿："来找我吧，来找我吧。"

风向改变的时候剪刀男孩的
大拇指被粘在了鼻子上

从前，洋葱炒肝脏村有个男孩，名叫"废材"宾博。他总是记不住爸爸妈妈告诉他什么能做，什么不能做。

一天，他爸爸——"四处奔走"的贝沃回到家，发现"废材"宾博坐在前面的台阶上，大拇指粘在鼻子上，手指头扭动着。

"我没法把大拇指拿开，""废材"宾博说，"因为我把大拇指凑近鼻子，朝卖冰人摆动手指头的时候，风向变了。而就像妈妈一直以来说的那样，如果风向变了，大拇指就会一直粘在我的鼻子上，拿不下来。"

"四处奔走"的贝沃去叫市议员保卫。市议员保卫去叫街道清理部门的谷仓管理员。街道清理部门的谷仓管理员又去叫健康部门的疫苗接种局的头号疫苗接种员。健康部门的疫苗接种局的头号疫苗接种员又去叫气象局的重大问题解决专家，他们懂得风的把戏和风向改变的问题。

气象局的重大问题解决专家说："只要用交警的警棍头在你儿子的大拇指上打六下，他的大拇指就会松开。"

于是"四处奔走"的贝沃走到了站在一个街角的交警那里，那名交警正吹着口哨，指挥车辆前进的方向。

他对那名交警说："风向变了，我儿子'废材'宾博的大拇指粘在了鼻子上，没办法松开，除非用你的警棍头打六下。"

"我没法帮你，除非你能找到一只猴子来替我站在这个

角落，指挥车辆行进的方向。"交警回答道。

于是"四处奔走"的贝沃来到动物园，对一只猴子说："风向变了，我儿子'废材'宾博的大拇指粘在了鼻子上，没办法松开，除非用交警的警棍头打六下，而街角的那名交警不能离开岗位，否则就没人指挥交通运行了，除非有只猴子能来接替他的位置。"

猴子回答说："给我弄个带哨子的梯子来，有了梯子我才能爬上去，有了哨子我才能指挥车辆往哪个方向走。"

于是"四处奔走"的贝沃在整个城市里找啊找，看啊看，问啊问，直到他的脚、眼睛、头和心都彻彻底底累坏了。

终于，他遇到了一个老寡妇，她的丈夫在挖污水沟时不幸在一场下水道的爆炸中丧生了。这个老妇人背上背着一个袋子，袋子里装着一捆捡来的柴火，因为她买不起煤。

"四处奔走"的贝沃告诉她，"你有难处，我也有。你背负的重担人人可见。而我背负的重担没有人能看得见。"

"把你的困难跟我讲讲。"老寡妇说，于是他告诉了她。

她说："隔壁街区住着个伞柄制造商。他有一个带哨子的梯子。他在做长长的伞柄时要爬到梯子上，而梯子上的哨子是拿来吹的。"

"四处奔走"的贝沃来到隔壁街区，找到了那个伞柄制造商的房子，对他说："风变向了，我儿子'废材'宾博的大拇指粘到了鼻子上没法松开，除非用交警的警棍头打六下，而交警没法离开站岗的那个角落，否则就没人指挥那里的交通了，除非有只猴子能替它站岗，而猴子没法替他，除非他有个带哨子的梯子能给他站和吹哨子指挥车辆往哪个方向走。"

伞柄制造商说："今天晚上我有个特殊的工作，我必须做一个长长的伞柄，我需要那把梯子爬上去，那个哨子吹口哨。但如果你能保证今天晚上就把梯子还回来，那你可以把它拿去。"

"四处奔走"的贝沃做了承诺。接着，他把那个带着哨子的梯子拿去给了猴子，于是猴子接替了交警的岗位，而那名交警则去了"四处奔走"的贝沃的家，此时"废材"

宾博正坐在前面的台阶上，拇指粘在鼻子上，对着大街上过往的每一个人摇指头。

交警用警棍打了"废材"宾博的大拇指五次，那个大拇指还是粘得紧紧的。但第六次是用交警的拇指棍头打的，它终于松开了。

贝沃感谢了警察，感谢了猴子，把带着哨子的梯子送还给了那个伞柄制造商，并感谢了他。

当"四处奔走"的贝沃那天晚上回到家的时候，"废材"宾博正躺在床上，乐不可支。他对爸爸说："下次风向改变、我把大拇指贴到鼻子上摇手指的时候会小心的。"

5.

关于风往上吹的三个方向的三个故事

两座决定要个孩子的摩天大楼

两座摩天大楼面对面矗立在洋葱炒肝脏村的大街两旁。白天，当大街上装满了熙熙攘攘买卖东西的人时，这两座摩天大楼像两座大山唠嗑儿似的跟彼此说着话儿。

晚上，当所有买卖东西的人都回家去了，大街上只剩下警察和出租车司机；晚上，当一层薄雾在大街上升起，给所有东西都镀上一层紫灰色；晚上，当星星和天空向城

镇散发出层层紫灰色薄雾时，这两座摩天大楼靠向彼此，小声说着话儿。

它们是在悄声向彼此诉说着秘密，还是什么你、我和大家都知道的寻常的事情，这谁都不知道。但有一点是肯定的：经常有人看到它们在晚上靠近彼此，窃窃私语，就像大山在晚上靠近彼此窃窃私语一样。

一只锡黄铜山羊站在其中一座摩天大楼的高顶上，眺望着大草原、蓝色陶瓷早餐碟一样亮晶晶的银蓝的湖泊，以及晨光下似银蛇般的蜿蜒的河流。而站在另一座摩天大楼的高顶上的则是一只锡黄铜鹅，它也眺望着大草原、蓝色陶瓷早餐碟一样亮晶晶的银蓝的湖泊，以及晨光下似银蛇般的蜿蜒的河流。

现在西北风成了两座摩天大楼的朋友。它来自遥远的地方，不到几个小时就走了五百英里，总是在两座摩天大楼一动不动地矗立在同一条旧街的街角时来得如此之快，它是来送消息的。

"好吧，我看到了，城市在这里。"西北风会呼啸着对两座摩天大楼说。

它们则会回答道："是的，那你是从远处的大山那里来的吗？"

"是的，远一点的地方是大山，更远的地方是大海，铁轨还要远，它要穿过草原到大山，然后再到大海。"西北风会这么回答。

现在西北风向两座摩天大楼发了个誓。它经常摇晃两座摩天大楼上的锡黄铜山羊和锡黄铜鹅。

"你是要把我顶上的锡黄铜山羊吹松吗？"其中一个问。

"你是要把我顶上的锡黄铜鹅吹松吗？"另一个问。

"哦，不，"西北风大笑道，先是对它们中的一个，然后对另一个，"如果我真的吹松了你的锡黄铜山羊和你的锡黄铜鹅，那将是你们不走运和某个人葬礼的时候，那时我会对你们感到万分抱歉。"

于是时间一天天过去，两座摩天大楼就那么矗立在那里，双脚站在警察、出租车司机和买卖东西的人们——带

着包裹、袋子和包袱的顾客——中间，而在高高的远处，在它们的顶上，则站着那只山羊和那只鹅，它们眺望着蓝色陶瓷早餐碟一样亮晶晶的银蓝的湖泊，以及晨光下似银蛇般的蜿蜒的河流。

于是时间一天天过去，西北风不停造访，来告诉它们消息，并向它们许诺。

于是时间一天天过去。这两座摩天大楼决定要个孩子。

而且它们决定一旦这个孩子真的来了，那它一定得是个自由的孩子。

"它必须是个自由的孩子，"它们对彼此说，"它不能是个一辈子都笔挺地站在街角的孩子。是的，如果我们有个孩子，它必须能自由地跑过草原，跑去大山和大海。是的，它必须是个自由的孩子。"

于是时间一天天过去。它们的孩子来了。是一辆铁路列车——金道钉高级快车，它是鲁特伯格国跑得最快，也是跑得距离最长的列车。它穿过草原，去往大山和大海。

它们很高兴，这两座摩天大楼，它们很高兴有个自由的孩子，能远离这座大城市，能远远地跑去大山，跑去大海，跑到西北风能吹到的最远的山脉和海岸。

它们很高兴它们的孩子很能干，这两座摩天大楼，它们很高兴它们的孩子一天能承载一千人行驶一千英里，所以当人们谈起金道钉高级快车时，它们夸它是个强壮有力、讨人喜欢的孩子。

时间还在一天天过去。接着突然一天，报童像疯了一样大喊。那些声音在从来不太关心报童喊什么的两座摩天大楼耳朵里就是"呀呀，啦啦，呦呦"的声音。

而那些声音飘到摩天大楼顶上时也就是"呀呀，啦啦，呦呦"的声音。

最后，因为报童喊得那么撕心裂肺，于是两座摩天大楼认真地听了听，它们听到报童在大声哭诉："关于那辆伟大的列车的事故的全面报道！关于金道钉车祸的全面报道！死了很多人！死了很多人！"

这时，西北风来了，哀号着一首悲伤的慢歌。那天傍晚，一群警察、出租车司机、报童和拿着包裹的顾客全都

围在一起交谈着，好奇：大街中央的街道车轨上躺在一起的那两个。一个是一只锡黄铜山羊，另一个是一只锡黄铜鹅。它们并排躺在彼此身边。

美元怀表和五只长耳大野兔

很久很久以前，久到归路还没有失去燕麦秸漂亮的条纹和梯牧草神奇的弯尾毛上的斑点；久到渡渡鸟杨格还没有开始在金银花中吹哨子、痛苦的疏缝工还没有喊出他们临终前抗辩的呐喊；久到后来发生的悲伤的故事还没有上演，就是在那时候，比5050年早几年吧，"年轻的皮革"和"红拖鞋"经过了鲁特伯格国。

　　我们就从这里开始讲。他们步行穿过鲁特伯格国。他们之所以步行是因为他们的双脚很高兴能感受到脚下大地的泥土，而且步行能让它们靠近土地的气味。他们搞懂了虫鸟走什么路；为什么鸟儿有翅膀、虫儿有腿；开心的牢骚鬼是怎么在一棵轻轻晃动的树上的一个篮子一样的鸟巢里发现鸟蛋的。还有为什么齐兹威兹虫们在整个夏天漫长的夏夜不停地用刮擦的声音拉着小提琴曲。

　　一天清早，他们在穿过鲁特伯格国的玉米带时唱道："深陷在扎人的舞蹈家中。"他们刚吃过咖啡和涂着牛酥的手帕大小的蛋糕做的早餐。"年轻的皮革"问"红拖鞋"："这个夏天，我们遭遇的最美妙的秘密是什么？"

　　"这个很好回答，""红拖鞋"眨了一下她那长长的黑睫毛说，"我们遇到的最美妙的秘密就是天空中每颗星星上都吊着一条金绳，我们想上去的时候就上去。"

　　他们继续走，来到一个小镇上，在那里，他们碰到一个满面愁容的家伙。"你为什么哭丧着脸？"他们问。他答："我弟弟被关进了监狱。"

"为什么？"他们又问。他又答："我弟弟在深冬时节戴了顶草帽，走到大街上哈哈大笑；在夏天把头发剃光了，光头走到大街上哈哈大笑；这么做是违法的。最糟糕的是他在不该打喷嚏的时候打了喷嚏，在不该打喷嚏的人面前打了喷嚏；在不明智的时候打了喷嚏。为此他明早要被吊死了。用木块做的绞刑架和用大麻做的绳子——它们将在明天早上等着他。它们会像领带一样套在他脖子上，把他高高吊起。"

满面愁容的男人看上去比以往任何时候都更加难过。这让"年轻的皮革"想要不顾一切，让"红拖鞋"也想要不顾一切。他们小声跟彼此商量着。接着，"年轻的皮革"说："把这块美元手表拿去。把它交给你弟弟。告诉他，在他们带他去绞刑架的时候，他务必把这块美元手表拿在手上，上好发条，推动机械装置。接下来的事情就简单了。"

于是第二天早上，当他们领着那个因为在错误的地点和错误的人面前打了喷嚏的男人去用木块做的绞刑架和大麻做的绳子那里，将要在那里把他高高吊起时，男人用手

指给那块手表上了发条，推动了机械装置。接着就听到一声弹响，然后是一阵安静，就像燃气发动机滑进了蜻蜓的一对翅膀里。美元手表突然变成了一艘蜻蜓船。那个即将被上吊的男人跳进了蜻蜓船里，还没有人来得及阻止他，船就嗡嗡地飞走了。

"年轻的皮革"和"红拖鞋"又边笑边唱地走出了小镇："深陷在扎人的舞蹈家中。"那个满面愁容的男人，现在没那么愁容满面了，跟在他们后面追了上来。跟在男人身后跑的是五只有着蜘蛛一样长腿的长耳大野兔。

"这些是送给你们的。"他大声说。他们全都在一棵静静摇晃的大树的树桩上坐了下来。他舒展开那张愁苦的脸，把这五只有着蜘蛛一样长腿的长耳大野兔的秘密告诉了"年轻的皮革"和"红拖鞋"。他们挥手道别后带着那五只刚得到的长耳大野兔上路了。

在接下来的小镇里，他们碰到的是一座比所有其他摩天大楼都要高的摩天大楼。一个有钱人快要死了，他想要人们记住他，于是在他最后的遗嘱里留下了一个要求，他们必须给他建一栋大楼，它要高到能擦到雷云，而且它要比所有其他摩天大楼都要高，他们要把他的名字刻在它顶上，晚上的时候，要有一个带着他名字的通电标识，高楼上还要装一个带着他名字的钟。

"我渴望死后能被人记住，名字被许多人传颂，"有钱人对朋友说，"因此我要求你，把大楼在空中建得高高的，因为它越高我被人记住的时间就越长，我死后人们提到我名字的年岁也就越久。"

于是就是它了。"年轻的皮革"和"红拖鞋"第一次看到那座摩天大楼的时候大笑不已，那时候他们已经在一条乡村小道上唱着那首老歌："深陷在扎人的舞蹈家中"走了很远。

"我们有个节目，想举行一场表演，我们想让整个镇上的人都看到，""年轻的皮革"和"红拖鞋"在市政厅拜访这个城市的市长时是这么对他说的，"我们需要一张执照和一张许可证，在公共广场免费进行这场演出。"

"你们要表演什么？"市长问。

"我们要让五只长耳大野兔，五只有着像蜘蛛一样长腿的长耳大野兔从你们城市最高的摩天大楼上跳过去。"他们回答他说。

"如果白天你们演出的时候不收费，不卖东西，也不会从我们这里要钱，那么，好吧，许可证在这里。"市长用一个学过政治的政客的口吻说道。

成千上万的人来到公共广场上看这场演出。他们想知道看五只有着蜘蛛一样长腿的长耳大野兔从这个城市最高的摩天大楼上跳过去是什么样子的。

长耳大野兔中的四只身上有条纹。而第五身上不仅有条纹，还有斑点。在它们开始表演前，"年轻的皮革"和"红拖鞋"把长耳大野兔逐个儿夹在胳膊下，爱抚着它们，揉揉它们的脚，然后揉揉它们的长耳朵，再用手指抚摸着这些跳高健将的大长腿。

"开始。"他们朝第一只长耳大野兔喊道。它已经准备就绪。"起跳！"它们又喊道。那只野兔跑了一阵，接着抬起脚，然后不停地向前、向前，向上、向上，直到它从摩天大楼的顶上跃了过去，然后它开始降落、降落，直到它脚着地，迈着长腿朝它起跑的公共广场跑回来，回到"年轻的皮革"和"红拖鞋"爱抚它，揉它的长耳朵，并说，"那才是好样儿的"的地方。

接着另外三只长耳大野兔开始跳过摩天大楼。"开始。"它们听到指令并做好了准备。"起跳！"它们听到指令，三个一字排开，长耳朵碰着彼此的，它们跳了起来，不停地向前、向前，向上，向上，直到它们全都从摩天大楼的顶上跃了过去。接着它们开始向下、向下，直到它们的脚碰到地面，朝"年轻的皮革"和"红拖鞋"的手跑回来，等着它们的长腿和长耳朵接受揉捏和爱抚。

接着轮到第五只长耳大野兔了。就是那只带着条纹和斑点的漂亮的野兔。"啊，我们很难过要目送你走，啊——我们很难过——"他们说，揉着它的长耳朵，摸着他的长腿。

接着"年轻的皮革"和"红拖鞋"鞋吻了吻它的鼻子，吻了吻这五只有着蜘蛛一样长腿的长耳大野兔中第五个，也是最后一个。

　　"再见了，老伙计，再见了，再没有兔子比你更漂亮的了。"他们对着它的长耳朵小声说。而它，因为听得懂他们在说什么，知道他们为什么要那么说，扭动着它的长耳朵，用它那双深邃的眼睛长长地、定定地凝视着他们。

　　"开始。"他们喊道。他做好了准备。"起跳！"他们又喊道。于是那只条纹和斑点混杂的第五只长耳大野兔抬起脚，不停地向前、向前，向上、向上，当它到达摩天大楼顶时，它继续向前、向前，向上、向上，直到一会儿过后，它彻底从人们的视线中消失了。

　　他们等啊等，他们看啊看。但它再也没有回来，也再也没有人听到关于它的消息。它就这么走了。带着它背上的条纹和毛上的斑点，它走了。"年轻的皮革"和"红拖鞋"说他们很高兴在它离开之前亲吻了它的鼻子。它走了，去遥远的地方进行漫长的旅行去了，它去得那么远，以至于再也没有回来。

木头印第安人和雄鹿角水牛

一天晚上，一轮乳白色月亮照耀着大街。人行道、石头、墙壁和窗户都被镀上了一层乳白色。一层蓝色的薄雾像女人的面纱一样在大街上飘移着，飘到月亮上又飘回来。是的，整个大街都覆盖着一层蓝雾和乳白色，它们混合在一起，从头至尾，从内到外都是柔软的。

时间过了午夜。香烟店前的木头印第安人从自己摊位

上走了下来。杂货店前的雄鹿角水牛抬起头，摇了摇胡须，从自己的蹄道上抬起了蹄子。

接着，就这么发生了。他们笔直朝彼此挪去。他们在大街中央相遇了。木头印第安人叉开腿朝雄鹿角水牛跳去。而雄鹿角水牛则低下头，像草原上的一阵风一样在大街上笔直地朝西跑去。

他们在碧绿河的大转弯处的高丘上停了下来，站在那里看着。像女人的面纱一样飘动的蓝雾充满了山谷，乳白色的月光充满了山谷。薄雾和月光用缠绵的渴望吻着碧绿河碧绿的河水。

于是他们就站在那里看着，那个铜脸和木头羽毛的木头印第安人，与那头大脑袋和沉重的肩膀耷拉着、靠近地面的雄鹿角水牛。

他们就这么看了好一会儿，满眼都是那个高丘，那个大转弯，和河流上笼罩着的那层月亮雾，全是蓝白色的，那么柔软，看了好一会儿后，他们转过身来，雄鹿角水牛低下头，像草原上的一阵风一样从街上跑过，直到它刚好

跑到香烟店和杂货店的
前面。接着，突然，他
俩又变回到了之前的模
样，一动不动地站着，
接受到来的一切。

　　故事就是这样的，
是奶油松饼村值夜班的
警察讲的。他第二天告
诉人们："我昨天晚上
坐在香烟店前防盗贼。
当我看到那个木头印第
安人走下来，那个雄鹿
角水牛走出来，他俩像阵风一样跑下大街时，我自言自语
道，不可思议，太不可思议了，真是太不可思议了。"

6.

四个关于亲爱的、
亲爱的眼睛的故事

白马女孩和蓝风男孩

当晚上洗完碗，夏夜开始变得凉爽，或冬夜点起灯火，鲁特伯格国的爸爸妈妈们有时候会跟年轻人讲白马女孩和蓝风男孩的故事。

白马女孩在遥远的西鲁特伯格国长大。身为一个女孩，从小到大，她都喜欢骑马。对她来说，她最喜欢的莫过于骑跨在一匹白马上，牵着松松的缰绳，在西鲁特伯格国的小山中和河边大步慢跑。

她骑的一匹马白得像雪，另一匹马白得像刚刷洗过的羊毛，还有一匹白得像银子。她说不出最喜欢它们中的哪一匹，因为她自己也不知道。

"白雪对我来说任何时候都足够漂亮，"她说，"而刚洗过的羊毛和新月边的银色光晕，它俩对我来说也足够白。我喜欢白色的马鬃、白色的马腹、白色的马鼻，还有我所有小马驹白色的马蹄。我喜欢挂在它们所有三个——我的

小马驹——白色耳朵中间的额发。"

而住在这同一个草原国家里白马女孩隔壁的、有同样的黑鸦从他们故乡飞过的，是一个蓝风男孩。身为男孩，从小到大，他都喜欢把脚踩在泥土和草地里走路，听风的声音。对他来说，他最喜欢的莫过于穿上坚硬的鞋子，到西鲁特伯格国的小山里和河边远足，听风的声音。

白天的时候会刮一种蓝风，有时候是在夏天的早上六点的时候开始刮，有时候是冬天的早上八点。夏天会刮一种带着夏天星星一般蓝色的晚风，冬天会刮一种带着冬天星星一般蓝色的晚风。然而还有一种，那就是白天和晚上中间的一种蓝风：黄昏和夜里的蓝风。这三种风他都十分喜欢，他说不出自己最喜欢的是哪一种。

"晨风像草原一样坚强，无论我跟它说什么，我知道它都会相信和记住，"他说，"而晚风里则带着夜空黑色的大曲线，晚风能钻进我心里，懂得我所有的秘密。而处在白天和晚上之间的，在既不是白天也不是晚上的黄昏的时候，这时候的蓝风是向我提问的，它叫我等待，无论我想要什么它都会给我送来。"

当然了，情况自然而然地发生了，白马女孩和蓝风男孩相遇了。她跨坐在一匹白马上，而他则穿着坚硬的远足鞋走在泥土和草丛里，他们在比邻而居的西鲁特伯格国的山林和河边相遇是必然的。

当然了，她把那匹雪白的马，那匹白得像刚洗过的羊毛的马和那匹白得像新月边的银色光晕的马全都讲给了他听。而他则把他喜欢听的蓝风：清晨的风和夜空的风，还有白天和晚上之间的黄昏的风，问他问题并叫他等待的风，全都告诉了她。

一天，他们俩走了。在那个星期的同一天，白马女孩和蓝风男孩离开了。他们的爸爸、妈妈、姐妹兄弟、叔叔婶婶们都在好奇他们，谈论他们，因为他们走之前没有告诉过任何人。事先和事后，根本就没有人知道他们为什么要离开，没有人知道他们离开的真正原因。

他们只留下了一封短信，上面写道：

致我们所有的亲人、老乡亲和年轻的伙伴们：

　　我们去了白马和蓝风来的地方。在我们离开的时间里，请在你们心里给我们留一个角落。

白马女孩

蓝风男孩

　　他们只能在西鲁特伯格国仅凭这封信来猜测，不停地猜测这两个亲爱的孩子去了哪里。

　　许多年过去了。一天，一个无名之辈骑在马背上经过鲁特伯格国。他看上去像是走了很长的路程。于是他们向他问了他们向任何看上去像是骑马走了很长路的人都会问的问题，"你看到过白马女孩和蓝风男孩吗？"

　　"看到了，"他回答道，"我看见过他们。"

　　"我是在距离这里很远、很远的地方看到他们的，"他继续道，"骑马去他们那里得要很多年。他们一起坐在一个大地向高处绵延、坚石向上伸展的地方，他们说着话儿，有时候也唱歌。他们极目远眺，望向蓝色的水面。远处，在蓝色的水的尽头就是蓝色的天空。"

"瞧!"男孩说，"蓝风就是从那里来的。"

"蓝色水面的远处，蓝风开始的这边一点儿，那里有白色的马鬃、白色的马腹、白色的马鼻，和正在小跑着的白色的马蹄。"

"瞧!"女孩说，"那就是白马来的地方。"

"然后，更靠近陆地的地方，一个小时之内来了几千匹，一天之内来了几百万白马，有些白得像雪，有些像刚洗过的羊毛，有点像新月的银色光晕。

"我问他们，'这是谁的地方?'他们回答说，'这个地方属于我们。'这就是我们要找的地方，白马就是从这里来的，蓝风就是从这里开始的。"

马背上的无名之辈能告诉鲁特伯格国西部的人们的就只有这么多了。这就是他知道的全部，他说，如果他还知道什么别的，他肯定会说的。

于是白马女孩和蓝风男孩的爸爸妈妈、姐妹兄弟、叔

叔婶婶们便经常好奇和议论这个故事是那个马背上的无名之辈凭空编造出来的，还是情况真的像他讲的那样。

无论如何，当晚上洗完碗，夏夜开始变得凉爽，或冬夜点起灯火时，鲁特伯格国的爸爸妈妈们有时候会跟年轻人讲的就是这个故事。

六个带气球的女孩告诉了
马背上的无名之辈什么

曾经，有个骑在马背上的无名之辈在鲁特伯格国路过。他看上去好像走了很远的路。他看上去就像那个说曾见过白马男孩和蓝风女孩的马背上的无名之辈的兄弟。

他在奶油松饼村停了下来。他灰色的脸是悲伤的，深灰的眼睛是悲伤的。他说话简短，似乎很坚强。有时候他的眼睛看上去像是要放光，但里面盛满的不是火，而是影子。

不过——他的确开怀大笑过一次。他的确有一次昂头向天，发出过一长串笑的涟漪。

在大线轴的圆房子附近的大街上，就是当风把小镇吹走的时候村民收线把它拉回来的地方，他慢慢骑着那匹灰马时，遇见了六个各梳着六条金发长辫并带着六个气球的女孩。也就是说，这六个女孩中的每一个都梳着六条漂亮

的金发长辫，而每一条辫子的尾巴上都系着一个气球。轻轻的蓝风吹拂着，系在六个女孩辫子上的气球随风摆动，一会儿向上，一会儿向下，一会儿快，一会儿慢。

来到这个小村子后，无名之辈的眼睛里第一次盛满了光彩，他的脸开始露出希望。当他和六个女孩以及她们金发辫子上飘动的气球面对面时，他让马停了下来。

"你们要去哪儿？"他问。

"你问的是谁——"六个女孩叽叽喳喳齐声问道。

"我问的是你们所有六个带着你们的气球要去哪儿？"

"噢，呵——我们从哪儿来就回哪儿去。"她们全都摇头晃脑地说，系在她们头上的漂亮辫子上的气球自然也跟着摇来晃去。

"那你们回到来的地方以后又要到哪里去？"他又随口问道。

"噢，呵——然后我们会出发，笔直往前走，看看我们能看到什么。"她们全都随口答道，她们低头又抬起，所有气球自然也随着往下又往上。

他们就这么聊着，他随口问，那六个带着气球的女孩随口答。

最后，他悲伤的嘴裂开了，露出了微笑，眼睛仿佛丰收的田野上升起的旭日般亮了起来。他问她们："告诉我，为什么是气球——我只想知道这个——为什么是气球？"

第一个小女孩把拇指放在下巴下，抬头看着飘在她头顶上方轻轻的蓝风里的六只气球，说："气球是愿望。它们是风做的。红色的气球是西风做的。蓝色的气球是南风做的。而黄色和绿色的气球则是东风和北风做的。"

第二个小女孩把食指放在鼻子旁，抬头看着她那好似微风中的山花的六个上下飘动的气球，说："一只气球过去就是一朵花。它累了。然后它就把自己变成了气球。有一次，我听到一只黄气球在说话。它像人一样自言自语。它说：'我过去是一朵黄色的南瓜花，低到泥土边，现在我是一只黄色的气球，高高飞在天空中，没有人能踩我，而且我还能看到所有一切。'"

第三个小女孩抓着两只耳朵，像是害怕它们会扭动一

样，滑步跳了一下，然后飞快地转身，抬头看着自己的气球，说道："一只气球就是一个泡沫。肥皂泡是怎么来的它就是怎么来的。很久以前，它在水上滑行，在河水上，在海水上，在瀑布上，从一个岩石瀑布上不停地往下落啊落，反正你想让它在什么水上都可以。风看到了这个泡泡，把它捡了起来，带走了，它对它说：'现在，你是个气球了，跟我来，看看这个世界。'"

第四个小女孩笔直地跳到空中，她所有那六只气球也跟着跳了起来，像是要脱落飞到空中去一样，而当小女孩从空中落下，双脚着地，扭头向上看那六只气球时，她给出了她们中最简短的答案："气球是让我们抬头看的。它有助于我们伸展脖子。"

第五个小女孩先是一只脚站着，然后换另一只脚站着，把头弯到膝盖上，看着自己的脚指头，然后直起身，抬头看着她那飞舞的有着黄点的、红点的和绿点的气球，说道："气球是从果园里来的。找找看那些一半长着橙子，一半长着橙色气球的果树。找找看那些一半长着红色苹果，一半长着红色苹果气球的苹果树。也找找西瓜树。而长黄白相间条纹的绿色长气球是鬼，是从枯死的西瓜树上长出来的。"

第六个小女孩，也是最后一个，用右脚的脚趾踢了踢左脚脚跟，把两个大拇指分别放在两只耳朵下，然后扭动着所有的手指头，接着她不再踢，也不再扭动手指，她站在那里，抬头看着自己因为风停了而变得安静的气球，像是在自言自语似的喃喃道："气球是从火焰猎人那里来的。每一个气球都有个火焰猎人追赶着它。所有火焰猎人的速度都快得要命，它们来的时候都在飞快燃烧，所以气球得做得很轻，这样才能逃得飞快。气球逃开了火的追击。如果它们没逃脱，那它们就不能成为气球。从火那里逃命使得它们保持轻盈。"

听六个女孩讲话的过程中，无名之辈脸上的神情变得越来越有希望。他的双眼亮了。他微笑了两次。和她们道别后，他骑着马沿着大街走去，他昂头向天，发出一长串笑的涟漪。

他离开小村子的时候不停地回头看，他最后看到的是

那六个背上都垂着六条金发辫子、每条辫子上都系着一个气球的女孩。

第六个小女孩用右脚脚趾踢着左脚脚跟，说："他是个不错的人。我想他肯定是我们的叔叔。如果他再来，我们就一起叫他告诉我们他认为气球是从哪里来的。"

而其他五个女孩则都回答道"没错"，或"没错，没错"，或"没错，没错，没错"，她们说得那么快，就像一只被火焰猎人追赶的气球一样。

讨价还价精打细算的亨利
戴着手套是怎么弹吉他的

一月，如果走在乡间的小路上，抬头看天，有时候会觉得天变得很低。

有时候，一月会出现那样的夜晚，星星看上去就像数字，像一个刚开始学算术的学龄女童写的算术题。

就是在这样的一个晚上，讨价还价精打细算的亨利走在一条乡间小路上，去"苏珊放松扭"的家，她是洋葱炒肝脏村附近的鲁特伯格国国王的女儿。当讨价还价精打细算的亨利昂起脸看天时，在他看来，天像是快低到他鼻子上了，而且星星上还写着什么，好像哪个女孩在做算术题，反复在天空上写着4和7。

"今天的天气怎么该死的这么冷？"讨价还价精打细算的亨利问自己，"就算我说了这么多个该死的，它也没有这冷风和冷天气这么该死的冷。"

"你们真贴心，手套，让我的手指保持温暖。"他每隔一会儿就对手上的羊毛纱线手套说。

风撕裂般前行，把它冰冷刺骨、湿冷的夹钳夹在讨价还价精打细算的亨利的鼻子上，像锋利的、夹紧的衣夹似的在他鼻子上收紧夹钳。他把羊毛纱线手套抬到鼻子上揉着，直到风好心地拿下它那冰冷刺骨、湿冷的夹钳。他的鼻子又变得暖和了。他说："谢谢你让我的鼻子保持温暖，手套。"

他对自己的羊毛纱线手套说着，好像它们是两只小猫或小狗似的，或两只小熊崽，又或两匹爱达荷小马驹。"你们是给我作伴的好

朋友。"他对手套说。

"你们知道我们左手肘下有什么吗?"他问手套,"让我来告诉你们吧。"

"它不是曼陀林(一种琵琶乐器),不是口琴,不是手风琴,不是六角手风琴,也不是小提琴。它是一把吉他,是一把特制的西班牙啪嚓吉他。

"是的,手套,他们说像我这样强壮有力的年轻人应该拥有一架钢琴,因为钢琴对任何人来说在家里弹都很方便,钢琴上也方便放帽子、外套,或书,还有花儿。

"但我对他们嗤之以鼻,手套。我告诉他们,我在一家五金店的橱窗里看到了一把特制的西班牙啪嚓吉他,要价8.5美元。

"于是,手套,你们在听吗? 手套? 在剥完所有的玉米,在打完所有的燕麦,在完成鲁特伯格的所有挖掘工作后,我在里面的背心口袋里装了8.5美元,去了那家五金店。

"我把大拇指放进背心口袋里,我像一个对自己即将得

到的东西感到万分自豪的男人那样摇晃着手指，我是说如果他能得到的话。我对五金店的头号店员说：'先生，作为你们的高等客户，我今天晚上想买的、在我给自己买下后我想拥有的东西是橱窗里那边的那个东西，先生，那把西班牙啪嚓吉他。'

"手套，你们在听吗，我现在就正带着这把西班牙啪嚓吉他去洋葱炒肝脏村附近的鲁特伯格国国王的女儿'苏珊放松扭'的家。我要给她唱一首小夜曲。"

冰冷刺骨的天气带来的寒风不停地吹着，试图将吉他从讨价还价精打细算的亨利左肘下吹走。但风吹得越厉害，他夹着胳膊肘下的吉他的胳膊肘就夹得越紧。

他迈着长腿，迈开长长的步子，走啊走，直到最后他停了下来，把鼻子伸到空中嗅了嗅。

"我是不是闻到了什么？"他问，把他的羊毛纱线手套抬到鼻子上，揉着鼻子，直到把它揉暖。然后他又嗅了嗅。

"啊哈，对了，没错，这就是鲁特伯格国国王和他的女儿'苏珊放松扭'家附近的鲁特伯格大田野。"

终于，他来到了那栋房子前，站在窗户底下，把吉他转到自己面前，开始为唱的歌伴奏。

"现在，"他问手套，"我是该把你们脱下来还是继续戴着？如果我把你们脱下来，这冷天的冷风会把我的手冻得那么冰冷和僵硬，那样一来，我的手指就会因为太僵硬而没法弹吉他了。所以我要戴着手套弹奏。"

于是他就这么做了。他站在"苏珊放松扭"的窗下，戴着手套弹起了吉他，就是那个他称之为好朋友的温暖的羊毛纱线手套。强壮的青年去看心上人，在刮着冷风的冷天的冷得要死的晚上戴着手套弹吉他，这还是第一次。

"苏珊放松扭"打开窗户，扔了他一根雪鸟羽毛留做纪念，好让他记住自己。随后很多年，鲁特伯格国许多恋人都对自己的情人说："如果你想让我嫁给你，那让我听到你在冬天的夜晚，在我的窗下，戴着羊毛纱线手套，给我弹吉他。"

当讨价还价精打细算的亨利迈着长腿，迈开长长的步

子走回家时，他对自己的手套说："这把特制的西班牙啪嚓吉他将会给我们带来好运。"而当他昂起脸时，天空变低了，他能看到星星一动不动，像反复学写数字 4 和 7 的学龄女童写的算术一样。

绝不要用拖鞋踢月亮

鲁特伯格国长大的女孩会学什么该做什么不该做。

"当细长的新月看上去像舞者的脚指头和脚后跟时，那是跳舞的拖鞋月亮的时间，这时候千万别用拖鞋踢月亮。"这是愿望先生，也就是"彼得盼望土豆开花"的父亲给女儿的建议。

"为什么？"她问他。

"因为你的拖鞋会笔直向上，不停地朝月亮上去，把自己套牢在月亮上，就好像月亮是一只准备跳舞的脚。"愿望先生说。

"很久以前，一天晚上，一条密语在立在卧室和衣柜里的所有鞋子中间传遍了。这个小声传播的秘密就是：'今晚，世界上所有的鞋子、拖鞋和靴子都将空鞋走路。今晚，当那些白天把我们穿在脚上的人在床上睡觉的时候，我们将全都起来，走路，去往我们白天去过的地方。'

"于是，半夜时分，当床上的人都在酣睡的时候，各处的鞋子、拖鞋和靴子从卧室和衣柜里走了出来。它们踩着重重的步子，沿着大街上的人行道、在楼梯上上上下下，沿着走廊，向前走着，不时地绊倒。

"有些人脚步轻盈，就像白天有些人走路时那样轻柔地滑行。有些人脚步沉重，就像白天有些人走路时那样脚跟重，脚指头慢。

"有些缩着脚指头，像鸽子一样走；有些展开脚指头，缩着脚跟走，就像有些人白天走路时那样。有些高兴地跑得飞快，有些消沉地拖着步子。

"那天晚上，奶油松饼村有个小姑娘参加完舞会回家了。在舞会上，她跳了圆舞、方舞、一步舞、两步舞、脚趾舞、脚趾和脚跟舞、靠近跳、隔远跳，总之她跳累了，筋疲力尽，于是她只脱下来一只拖鞋，便滚倒在床上，穿着一只拖鞋便睡了。

"她早上醒来时天还没亮。她走到窗边抬头看着天空，看到一个跳舞的拖鞋月亮在又高又远的深蓝色海洋般的月空中跳舞。

"'哦——那是什么样的月亮啊——一个跳舞的拖鞋月亮！'她哼唱着小曲儿对自个人喊道。

"她打开窗户，再次说道：'哦——那是什么样的月亮啊！'——然后用穿着拖鞋的那只脚笔直朝月亮踢去。

"拖鞋掉了，在月光中向上飞去，不停地向前、向前、向上、向上。

"那只拖鞋再也没有回来，也再也没有人看到过。当人们问起它时，那个女孩说：'它从我脚上滑落了，然后它不停地向上飞去，我最后只看到那只拖鞋笔直地朝月亮飞去了。'"

这就是为什么鲁特伯格国的爸爸妈妈们会对正在长大的女孩们说："当细长的新月看起来像舞者的脚指头和脚后跟时，那是跳舞的拖鞋月亮的时间，这时候千万别用拖鞋踢月亮。"

7.

一个故事——

"只有生于火的才懂蓝色"

沙坪上的影子

火生山羊和影生鹅在户外睡觉。低矮的松树挺立在它们上方。而远远地，在低矮的松树上方的是星星。

它们睡在一片白色的沙坪上。沙坪笔直地通往轰鸣滚筒大湖。

在沙坪和轰鸣滚筒湖上方的是一个高高的房间，那是雾人画画的地方。灰色的画、蓝色的画，有时候带点儿金色，而更常见的是银色的。

在那个雾人作画的高高的房间的上方的则是星星。

在一切上方，万物中最后和最高的总是星星。

火生山羊取下羊角。影生鹅取下翅膀。"这就是我们睡觉的地方，"它们对彼此说，"就在这里，在轰鸣滚筒大湖旁边的沙坪上的低矮的松树里。在一切之上，万物中最后和最高的总是星星。"

火生山羊把羊角放在了头下。影生鹅把翅膀放在了头

下。"没有比在这里保存东西更好的地方了。"它们对彼此说。接着它们十指交握祈求好运，然后躺下去睡了，并且很快就睡着了。它们呼呼大睡的时候，那些雾人则继续画他们的画。灰色的画、蓝色的画，有时候带点儿金色，但更常见的是银色的，这些就是火生山羊和影生鹅在甜甜的睡梦中时雾人们不停地画的画。在一切上方，万物中最后和最高的总是星星。

它们醒了过来。火生山羊从头下拿出羊角戴上了。"到早上了。"它说。

影生鹅拿出翅膀戴上了。"新的一天开始了。"它说。

接着，它们坐在那里张望起来。远处，太阳正在升起，它在轰鸣滚筒大湖远处的边缘曲线上一点一点地向上撑，而沿着东方天空的整条线，那里有人和动物，都是黑色的，或者说，他们灰得那么厉害，近乎黑色。

有一匹大马：张着嘴，耳朵贴后，前腿向内像收割的镰刀似的弯成两道弧线。

有一匹骆驼：长着两个驼峰，动作缓慢，满不在乎得好像它有无尽的岁月供它消磨。

有一匹大象：没有头，长着六条短腿。有很多奶牛。有个男人肩膀上扛着根棍棒，一个女人后脖上绑着个包袱。

他们向前走着，似乎哪儿都去不了。他们走得很慢。他们有大把的时间。他们没有其他事情可做。他们这么做是设定好了的，很早以前就设定好了的。于是他们就这么往前走着。

有时候，那匹大马的脑袋会垂下去奋拉着，然后又抬起来。有时候，那匹骆驼的驼峰会垂下去奋拉着，又挺起来。有时候，男人肩膀上的棍棒会变大变重，男人不堪重负，步履蹒跚，接着，他的腿

就会变大变粗，他稳住身子，继续往前走。同样地，有时候，那个女人后脖上的包袱会变大变重，包袱垂下来，女人脚步蹒跚，接着她的腿也会变大变粗，她稳住身子，继续往前走。

此刻，火生山羊和影生鹅眼前的东方天空上上演的就是这样一幅画面，这样的一个跑马场和这种壮观的马戏。

"这是什么，他们是谁，他们为什么会来？"影生鹅问火生山羊。

"你问我是真的想让我告诉你吗？"火生山羊问。

"这的确是个我想得到诚实答案的问题。"

"难道你们影生鹅的爸爸妈妈、叔叔婶婶、亲戚朋友就没有告诉过你们这是什么，以及这件事的所以然吗？"

"从来没有人把这样的问题这样摆在我面前。"

影生鹅竖起手指，说："告诉你可以，但我跟你讲的时候可没有十指交握，所以你大可不必相信我。"

于是火生山羊开始向影生鹅解释那幅画面、那个跑马场，和旭日正在升起的前方的东方天空上正在飘过的恢宏庞大的场景的来龙去脉。

"人们说他们是影子，"火生山羊开始了，"那是一个名字，一个单词，一小声咳嗽，和几个音节。对有些人来说，影子是滑稽的，只为让人嘲笑。而对另一些人来说，影子就像一张嘴和它的呼吸。气呼出来，它什么都不是。它就像空气，没有人能将它装进袋子，把它带走。它不会像金子一样熔化，或能像煤渣一样能被铲走。所以对这些人来说，它毫无意义。然后还有些人，"火生山羊继续道，"他们懂得影子。那些生于火的能懂得。火生的知道影子是打哪儿来的，以及它们存在的原因。"

"很久以前，当世界的造物主做好了圆形地球后，他们就开始着手准备制造动物，投放到地球上去。他们不确定该怎么做动物。他们不知道自己想要什么形状的动物。

"于是他们就开始练习。起先，他们没有做真正的动物。他们只做动物的形状。这些形状就是影子，就像你和我——火生山羊和影生鹅今早透过东方天空——就是太阳正在升起的地方——上的那个轰鸣滚筒看到的那些影子。

"东方天空上，那边那匹张着嘴、耳朵贴后，前腿像收割的镰刀似的朝里弯成一道弧线的影子马，就是他们很久前练习做真马时做的。那匹影子马做错了，于是他们就把它给扔了。你绝不会看到两匹相像的影子马。天空上的所有影子马都是不一样的。每一个都是个错误，是因为不够好，不足以成为一匹真马而被抛弃的。

"那匹脖子上没有脑袋、站在六条腿上、满不在乎地磕磕碰碰地走着的大象——还有那个长着两个驼峰、一个驼峰比另一个驼峰大的大骆驼——以及那些前面和后面都长着角的奶牛——它们全都是错误，全被扔掉了，因为做得不够好，不足以成为真正的大象、真正的奶牛和真正的骆驼。它们只是这个世界之初，像我们其他人一样，真正的动物还没有迈着双腿来吃、住，和在这里之前，为了练习做出来的。

"那个男人——你看他现在肩膀上扛着棍棒跌跌撞撞地走着——看他的长胳膊是怎么伸到膝盖上的，有时候他的手在脚下拖着。看他肩膀上那根棒子是多么沉重，把他压垮了，他拖着脚步往前走。他是最早的影子人之一。他是个错误，他们把他扔掉了。他只是为了练习做出来的。

"还有那个女人。看她现在走在那支队伍的最后面，正穿过东方天空上的轰鸣滚筒。看，她是它们所有人和物中最后一个，她走在队伍的末尾。她后脖上绑着个包袱。有时候那个包袱会变大，那个女人就会步履蹒跚，她的腿也会变大变粗，她挺直身子，摇着头，继续往前走。她和其他人和物一样。是个影子，她是作为错误产生的。在世界诞生之初，她是为练习而做成的。

"听着，影生鹅。我正在告诉你的是我们火生类的一个秘密。我不知道你是不是懂。我们一起在星星高挂的、低矮的松树下、轰鸣滚筒旁边的沙坪上睡了一晚上——所以我把火生的父亲对他们子孙讲的话告诉了你。"

那天，火生山羊和影生鹅沿着轰鸣滚筒大湖边的沙坪岸往前走。那天天很蓝，火蓝的太阳与空气和水交相融汇。北边，轰鸣滚筒是蓝蓝的海绿色。东边，天空中有时候是紫色条纹，有时候又变成野风信子一样的花纹。而南边是

银蓝色的，一片蓝。

那天早上，在东方天空上行进的影子赛马场看上去像一长条蓝鸟点儿。

"只有生于火的才懂蓝色。"火生山羊对影生鹅说。那天晚上，就像前一天晚上一样，它们睡在了一片沙坪上。睡觉的时候，火生山羊又取下了自己的羊角，放在头下，而睡觉的时候，影生鹅也取下了自己的翅膀，放在头下。

那天晚上，火生山羊在睡梦中轻声说了两次梦话，它轻声对星星说："只有生于火的才懂蓝色。"

8.

关于玉米仙子、
蓝狐狸和发生在美国和
加拿大的那些故事的故事

看到玉米仙子该如何辨别

如果你看过小玉米从黑土地上走过，然后慢慢变成大玉米，接着继续走，从夏天的小玉米月变成秋天的大玉米月，那么你肯定猜到了是谁在帮助玉米成长。对，没错！是玉米仙子。没有玉米仙子就不会有玉米。

所有的孩子都知道这个。所有男孩女孩都知道除非有玉米仙子，否则玉米不会有好收成。

你有没有站在伊利诺伊或艾奥瓦，看过夏末或秋初的风从一大片玉米地吹过？那看上去就像铺开了一条大长毛毯，邀请舞者到上面去欢舞。如果你凑近看、凑近听，有时候你没准儿会看到玉米仙子来歌唱跳舞。如果这天天气恶劣，烈日流火，同时却又刮着凉爽的北风——这种情况有时候会发生——那么你将肯定会看到成千上万的玉米仙子排着滑稽、壮观的队列，在那条绿银相间的大长毯上前进、后退。接着它们还会唱歌，不过如果你想听到它们的

歌声你得竖起耳朵、屏声静气。它们咿咿呀呀地唱着轻柔的歌儿，每一支歌都比眨一下眼还要轻柔，比内布拉斯加州的婴儿的拇指还要柔软。

斯平克和斯盖布赤是和我——写这个故事的男人——住在同一栋房子里的两个小女孩，她们俩都在问这个问题，"如果我们看到了玉米仙子该怎么辨别呢？如果我们遇到了玉米仙子，我们怎么知道是它呢？"以下就是这个男人给比斯盖布赤大的斯平克和比斯平克小的斯盖布赤的解答：

"所有的玉米仙子都会穿工作服。它们工作卖力，那些玉米仙子，它们也很骄傲。它们骄傲的原因是因为它们工作卖力。而它们工作卖力的原因是因为它们有工作服。

"但你们该知道。工作服是玉米金布做的，用成熟的玉米叶混合成熟的十月玉米丝织成。在红彤彤的满月升上天空，然后逐渐变成黄色和银色的第一周，成千上万的玉米仙子就坐在一排排玉米中间缝织它们来年冬、春、夏季要穿的衣服。

"它们缝纫的时候盘着腿。每一个玉米仙子在缝纫满月衣服时都要把大脚趾指向月亮，这是它们的规矩。傍晚，血红的月亮升起时，它们会把大脚指头斜指向东方。午夜时，月亮变成黄色，挂在天空中央，它们盘腿坐着缝纫时就将大脚指头半斜着。午夜过后，当月亮划动着银盘，高高挂在头顶，朝西走去，玉米仙子坐在那里缝纫的时候则将大脚趾几乎笔直地指向上方。

"如果是凉爽的夜晚，看似霜冻，那么玉米仙子的笑是值得一看的。它们坐在那里缝纫来年要穿的衣服的过程中一直都在哈哈大笑。没有规定它们必须笑。它们笑是因为它们高兴得有些乐不可支，因为今年是个玉米丰收的好年头。

"每当玉米仙子笑的时候，笑声都会像金色的薄霜一样从它们的嘴里冒出来。如果你有幸看到一千个玉米仙子坐在玉米行中间，全都在哈哈大笑，那么你会看到它们笑的时候金色的霜雾从它们的嘴里冒出来，你自己也会惊奇地跟着笑起来。

"那些长途跋涉、见多识广的旅者说如果你真正了解玉

米仙子，那看它们衣服上有多少针就能判断出它们是从哪里来的。

"在伊利诺伊，玉米仙子会在织好的玉米叶布上用成熟的玉米丝缝上十五针。在艾奥瓦是十六针，而在内布拉斯加则是十七针，往西越远，玉米仙子在它们穿的玉米布衣服上用玉米丝缝的针数就越多。

"有一年，在明尼苏达，有仙子在胸前戴着蓝色的玉米花肩带。同年在达科他，所有的仙子都戴着南瓜花领带、打成活结的黄色领带和黄色蝉形阔领带。有一年，很奇怪，俄亥俄和得克萨斯的玉米仙子全都戴着白色牵牛花小手镯。

"听说过这件事的旅者刨根问底，问了很多问题，终于找到了那年玉米仙子为什么会戴白色牵牛花小手镯的原因。他说：'每当仙子伤心的时候它们就会穿戴白色。很久之前的这年，男人们把所有之字形铁路护栏网都给拆掉了。而那时候，那些旧之字形铁路护栏网对仙子们来说是美丽的存在，因为月光皎白的夏夜，一百个仙子能坐在一条铁路护栏网上，而成千上万个仙子则能坐在许多之字形铁路护

栏网上，咿咿呀呀地唱歌，歌声比眨一下眼还要轻柔，比
婴儿的拇指还要柔软。它们发现那年将是之字形铁路护栏
网存在的最后一年。这让它们既伤心又难过，而当它们伤
心难过的时候就会穿戴白色。于是它们摘下了沿着之字形
铁路护栏网上盛开的漂亮的白色牵牛花，把它们做成了一
个个小手镯，第二年，它们把那些手镯戴上了，以表示它
们有多么伤心难过。'

"当然了，这些能帮助你了解玉米仙子在夜里、在晚上
和在月光下是什么样子的。那现在，让我们来看看它们在
白天是什么样子的。

"白天的时候，玉米仙子会穿上它们用玉米金布做的工
作服。它们在玉米行间行走，在玉米秆上爬着，修补玉米
叶、秆和穗子上的问题。它们帮助它成长。

"它们左肩上都扛着一把老鼠刷，刷掉田鼠。它们右肩
上都扛着一条蟋蟀扫帚，扫走蟋蟀。那把刷子是个毛掸子，
能拂掉变蠢的老鼠。那条扫帚则可以扫走变蠢的蟋蟀。

"每个玉米仙子腰上都缠着一条黄腰带。而挂在腰带上

的则是一个紫月亮杠杆锤。每当刮起大风，玉米几乎要被刮倒的时候，仙子们就会跑出来，从它们的黄腰带里取出紫月亮杠杆锤，用钉子把玉米钉住，防止它们被吹倒。当下起可怕的暴雨，狂风暴雨在玉米地里疯狂肆虐时，有一点你可以肯定，在玉米行间像风一样奔跑的正是仙子们，它们迅速地从腰带里掏出紫月亮杠杆锤，用钉子把玉米钉住，让玉米保持挺立，这样它们才能在秋天满月再现的时候成熟并变得漂亮。"

斯平克和斯盖布赤问玉米仙子是从哪里得到钉子的，她们得到的回答是，"如果你们到下周前都能好好洗脸和耳朵，那我下周就会告诉你们答案。"

下次，夏末或秋初，你站在那里看一大片玉米地时，当风吹过绿银相间的玉米时，请屏声静气，用心聆听。没准儿你能听到玉米仙子在咿咿呀呀地轻声歌唱，声音比眨一下眼还要轻柔，比内布拉斯加的婴儿的拇指还要柔软。

失去尾巴的动物们是如何从费城到
梅蒂逊哈特找回尾巴的

北美的高处，靠近萨斯喀彻温河，在温尼伯小麦国，距离因此处一名猎人射中了一只麋鹿的下巴而得名的麋鹿下巴镇不远处，暴风雪和奇努克^①风就是从那里开始的，那里的人除非万不得已不会去工作，但实际上他们几乎都不得不工作，那里有个地方叫梅蒂逊哈特。

在一座高山上的一座高塔里的一个高凳子上坐着天气制造者的空中监测员。

如果有动物丢了尾巴，那全赖梅蒂逊哈特的天气制造者的空中监测员粗心大意。

因为天气长时间干燥、灰尘多，动物的尾巴变得又硬又干。然后，好不容易下起了雨。结果瓢泼大雨从天而降，泼洒在动物的尾巴上，软化了它们。

① 居住在美国西北部哥伦比亚河口北岸及其附近地区的印第安人。

接着，刺骨的寒意戴着冰冷的手套呼啸而来，它们把所有动物的尾巴都冻僵了。再然后，一阵大风吹起，它刮呀刮，结果所有动物的尾巴都被吹掉了。

这对于长着粗短尾巴的矮胖猪来说当然无所谓。但对于奔跑时、吃东西时、走路和说话时、画画和在雪地上写字时，或将一块瘦肥相间的熏肉藏在河边的一块大岩石下，等自己想吃的时候再拿出来吃时，用尾巴帮助自己的蓝狐狸来说则不是那么容易了。

对长着长耳朵和有一根像棉花一样白的拇指外根本就算不得尾巴的兔子来说是再简单不过的了。但

对晚上用尾巴充当黄色火把来点亮空心树中的房子的黄飞龙来说日子则很难过。黄飞龙失去尾巴的代价实在太大了，因为它晚上在大草原上偷偷行动，悄悄靠近那些各种各样的美味时得靠尾巴给自己照路。

动物们挑选出了一个代表委员会来代表它们去参加谈判，看通过对话能采取什么措施来做点什么。委员会里共计有六十六位代表，于是它们决定给这个委员会命名为六十六成员委员会。这是个出色的委员会，当它们全都坐在一起，紧绷着鼻子下面的嘴（正如一个出色的委员会那样）、眨巴着鼻子上的眼睛、清理着耳朵、摩擦着下巴，一副沉思的模样（正如一个出色的委员会那样），任何人只要看着它们都会说："这肯定是个出色的委员会。"

当然了，如果它们的尾巴都还在的话，那它们看起来将会更出色一些。也就是说，如果蓝狐狸身后的那条蓝尾巴的大波浪线条被吹掉了的话，它看起来就没那么那么出色了。或者说，如果一条黄飞龙身后那条黄色长火把一样的尾巴被吹掉了的话，它看上去就不会有刮风前那么出色了。

　　于是六十六成员委员会开了个会并进行了一场谈判，看看通过对话能采取什么措施来做点什么。它们选了条老飞龙来当主席，这条飞龙是个裁判，曾裁决过很多纠纷。它在飞龙中有"裁判中的裁判""裁判之王""裁判王子"和"裁判贵族"等诸多美誉。当有动物打架，或有什么麻烦，或隔壁两家发生口角时，这只老飞龙就会被叫来裁决，是哪家有理，是哪家没理，是哪家挑起的，哪家人应该息事宁人，它常说："最好的裁判知道能做到和不能做到哪种程度。"它是从马萨诸塞州来的，出生在奎迪克岛附近，住在南哈德莱和北安普敦半途上一棵六英尺粗的西洋栗树里。在它失去尾巴前的晚上，它都是用它那黄火把一样的尾巴点亮西洋栗树里的那个大空巢穴。

　　在它被口头提名，被投票选为主席后，它在讲台上站了起来，拿起一个小木槌敲了敲，让六十六成员委员会遵守秩序。

　　"失去尾巴没什么可慌张的，我们到这里是来说正事的。"他说着又敲了敲小木槌。

一只来自得克萨斯州韦科的蓝狐狸站了起来，耳朵里塞满了从它居住的布拉索斯河附近的洞里沾上的干矢车菊叶子，它开口道："主席先生，我有发言权吗？"

"请尽管畅所欲言，我有你的号码。"主席说。

"我有一个提议，"韦科来的这只蓝狐狸说，"我提议，先生，咱们这个委员会的成员都去费城坐火车，一直坐到终点站，然后转乘另一列火车，然后再转乘，咱们一直走，直到我们到达温尼伯小麦国、萨斯喀彻河附近的梅蒂逊哈特市为止，在那里，天气制造者的空中监测员坐在一座高山上的一座高塔里的一个高凳子上观察天气。在那里我们将问它能否尊敬地容许我们恳求它把能把我们的尾巴带回来的天气带回来。是那种天气带走了我们的尾巴；那，那种天气肯定也能把我们的尾巴带回来。"

"所有赞成这项提议的，"主席说，"请用右爪清理右耳。"

闻言，所有蓝狐狸和黄飞龙开始用右爪清理右耳。

"所有反对这项提议的，请用左爪清理左耳。"主席说。

闻言，所有蓝狐狸和黄飞龙开始用左爪清理左耳。

"所有人既同意又不同意这项提议，这还真是匪夷所思，"主席说，"再来一次，所有赞成这项提议的请用后腿的脚指头站起来，把鼻子笔直地翘到空中。"闻言，所有蓝狐狸和黄飞龙都用后腿的脚指头站了起来，把鼻子笔直地翘到了空中。

"那现在，"主席说，"所有反对这项提议的，请倒立，把后腿笔直地竖在空中，发出汪汪的叫声。"

闻言，没有一只蓝狐狸和一只黄飞龙倒立，把后腿伸到空中，发出汪汪的声音。

"提议通过，没有必要慌张。"主席说。

于是委员会的成员们赶去费城登上了火车。

"请问，你能不能告诉我们去联合车站怎么走？"主席向一名警察打听道。这还是第一次有飞龙在费城的大街上和警察说话。

"礼貌是要收费的。"警察说。

"我可不可以再问你一遍，你能不能给我们指下去联合车站的路？我们想去那里坐火车。"飞龙说。

"礼貌的人和生气的人可是不同的。"警察说。

飞龙的眼睛变了光彩，里面慢慢跳出一团之前它的尾巴后才会出现的火把。它对警察说："先生，我有必要公开地、郑重地告诉你，我们是六十六成员委员会。我们是来自你贫乏、无知的地形从来没有告诉过你的地方的尊贵出众的代表。我们委员会的成员将要乘车去温尼伯小麦国、萨斯喀彻河附近的梅蒂逊哈特市，那是暴风雪和奇努克风开始的地方。我们有个特别的信息和一个秘密使命带给天气制造者的空中监测员。"

"我是所有受人尊敬的人的友好的朋友，所以我才会戴着这颗星去抓任何不受尊敬的人。"警察说着用伸出的手指摸了摸用一颗安全别针固定在他蓝色制服外套上的银镍星星。

"一个六十六只蓝狐狸和飞龙组成的委员会到访美国的一座城市，这在美国历史上还是头一遭。"飞龙暗示道。

"我恳请原谅，"警察最后道，"联合车站就在那座钟的

下面。"他指了指旁边的一座钟。

"我感谢你,我为六十六成员委员会感谢你,我为美国所有失去了尾巴的动物感谢你。"主席最后说。

于是它们朝联合车站走去,六十六个,一半是蓝狐狸,一半是飞龙。它们用脚和脚指甲、耳朵和毛发、身体上除了尾巴之外的所有部位噼噼啪啪地、轻快地走进费城联合车站的时候,它们没有什么可说的。但是,尽管如此,在联合车站等车的乘客们却认为它们有话要说,而且正在说。于是在联合车站等车的乘客聆听着。但无论他们多么用心听,也没有听到蓝狐狸和黄飞龙说了什么。

"它们在用它们故乡奇特的方言和彼此交谈。"一个在等火车的乘客说。

"那是它们要保守的秘密,绝不会告诉我们的。"另一个乘客说。

"我们明天早上把报纸从头到尾看一遍就知道是什么了。"第三个乘客说。

于是蓝狐狸和黄飞龙用脚和脚指甲、耳朵和毛发,身体上除了尾巴之外的所有部位，迈着轻快的步子，刮擦着走过石头地板，走进了列车棚。它们爬进了挂在发动机前面的一节特殊的吸烟车厢里。

"这个挂在发动机前的车厢是专门为我们设置的，这样一来我们就总在最前面，我们会先于火车到达。"主席对委员会的成员说。

火车从列车棚开了出来。它一直在车道上行进，从没有脱轨。它来到了阿尔图纳附近的"蹄铁曲线"，那里的车道弯得像个大马蹄铁。这列车没有沿着马蹄形铁路的长弯道转过去，绕过山脉，而是采取了不同的走法。它从车道上跳了下来，跳进了山谷，从一个截点上抄近路径直穿了过去，然后又重新跳上车道，继续朝俄亥俄开去。

列车员说："如果你们要火车从车道上跳下去，事先告诉我们一声。"

"可我们失去尾巴的时候没有人事先跟我们打过招呼。"老飞龙裁判说。

两只小蓝狐狸，委员会里最小的两只，坐在前面的平

台上。火车经过一英里又一英里的烟囱。四百个烟囱排成一行，冒出一桶又一桶乌黑的烟灰。

"这是黑猫洗澡的地方。"第一只小蓝狐狸说。

"我相信你的判断。"第二只蓝狐狸说。

晚上经过俄亥俄和印第安纳州的时候，飞龙取下了车厢顶。列车员对它们说："你们得给我个解释。"

"它挡在了我们和星星之间，"它们告诉他。

列车驶入了芝加哥。那天下午，报纸上登着倒拍的照片，上面是蓝狐狸和黄飞龙一边用铁斧吃着粉红色的冰淇淋，一边在爬着立在它们头上的电话线杆。

每一只蓝狐狸和每一条黄飞龙都给自己买了一份报纸，它们每一个都把报纸倒着仔细看了很长时间，看自己在报纸里边用铁斧吃粉红色的冰淇淋，边爬着立在头上的电话线杆是个什么模样。

经过明尼苏达州的时候天空中开始飘满了明尼苏达州雪天的雪鬼。狐狸和飞龙再次揭开了车厢顶，对列车员说它们宁愿弄坏列车也不愿错过冬天明尼苏达州第一个雪天的雪鬼大表演。

它们中的一些睡着了，但那两只小蓝狐狸却彻夜未眠，它们一直在看雪鬼，并给彼此讲雪鬼的故事。

晚上还早的时候，第一只小蓝狐狸问第二只："这些雪鬼是谁的？"第二只小蓝狐狸回答说："每一个做雪球、雪人、雪狐、雪鱼、雪馅儿饼的人，每一个人都有个雪鬼。"

这只是它们交谈的开始。要将那天晚上那两只小狐狸对彼此讲的关于明尼苏达州雪鬼的话都写下来得有一本大书那么厚，因为它们整晚都坐着，讲它们的爸爸妈妈、爷爷奶奶给它们讲的老故事，并编了一些之前闻所未闻的新故事，内容是关于雪鬼在圣诞节早上去了哪儿，还有雪鬼是怎么看着新年到来的。

它们在明尼苏达州和麋鹿下巴镇之间的某个地方叫停了火车，然后全都跑进了雪里，在那里，白月光照耀着下面的一个白桦林山谷。那是雪鸟谷，加拿大所有的雪鸟在初冬时分都会到这里来做它们的雪鞋。

最终它们来到了萨斯喀彻温河附近的梅蒂逊哈特市，

暴风雪和切努克风开始的地方，那里的人除非万不得已不会去工作，但实际上他们几乎都不得不工作。他们在雪地里奔跑着，直到他们来到坐在一座高山上的一座高塔里的一个高凳子上看天气的天气制造者的空中监测员所在的地方。

"请再放一次大风吧，把我们的尾巴吹回来给我们，请再放一次冰冻吧，把我们的尾巴再冻结在我们身上，这样就能让我们拿回失去的尾巴了。"它们对天气制造者的空中监测员说。

他就是这么做的，把它们想要的完全按照它们的要求给了它们，因此它们都心满意足地回家了，每一只蓝狐狸都带着一条大波浪刷子一样的尾巴，在它奔跑时、吃东西时、走路和说话时、画画和在雪地上写字时，或将一块肥瘦相间的熏肉藏在河边的一块大岩石下，等自己想吃的时候再拿出来吃时帮助它；而每一条飞龙则都带着一条黄色长火把一样的尾巴，为它点亮空心树中的家，或当它晚上在大草原上偷偷行动，悄悄靠近那些各种各样的美味时给它照路。

大作家 小童书